双月—SŌGETSU—

鬼の風水　夏の章

岡野麻里安

講談社X文庫

目次

イラストレーション／穂波《ほなみ》ゆきね

双月―SŌGETSU―

鬼《き》の風水《ふうすい》　夏の章

物紹介

●筒井卓也《つついたくや》

七曜会《しちようかい》に属する〈鬼使《おにつか》い〉。六人の姉たちにいたぶられつつ可愛がられている明朗活発な十八歳。鬼を魅了《みりょう》する甘い香りを放っているため、幾度となく鬼に襲われ喰《く》われかけている。かつては落ちこぼれだったが、篠宮薫とコンビを組み、度重なる死闘をくぐり抜けて一人前に成長した。一ヵ月前に再会した薫との間にかつてのような情熱が感じられず、物足りなく思っている。

●篠宮《しのみや》　薫《かおる》

鬼と人間との間に生まれた十七歳の半陽《はんよう》鬼《き》で、魔性《ましょう》の美貌《びぼう》の持ち主。無口で無愛想な性格で、顔には出さないが、卓也だけを一途《いちず》に想っている。七曜会でも五指に入る超一流の退魔師《たいまし》だったが、半年前の死闘の後、五ヵ月にわたって行方をくらませており、現在は筒井家に預けられて経過観察中の身となっている。三ヵ月後には、再び七曜会に戻れる段取りにはなっているが……!?

登場人物

● 安倍克海《あべかつみ》

京都の退魔師を統《す》べる北《ほく》辰門《しんもん》の当主の息子。父親と対立し、今は家を出ている。

● 青江《あおえ》

北辰門に所属する半陽鬼。冷酷《れいこく》な性格だが、卓也にだけは優しい一面を覗《のぞ》かせる。

● 渡辺聖司《わたなべせいじ》

平安時代に鬼を退治した渡辺綱《わたなべのつな》の末裔《まつえい》で卓也の叔父《おじ》。北辰門を調査していたが⁉

● 篠宮透子《しのみやとうこ》

薫の妹。訳あって現在は、七曜会関西支部長の三島春樹の元に身を寄せている。

● 筒井野武彦《つついのぶひこ》

卓也の父で〈鬼使い〉の統領。表の世界では人気少女小説家として活躍する。

● 藤丸《ふじまる》

卓也が使役する式神《しきがみ》。五、六歳の愛らしい童子で、薫の幼い頃の姿に生き写し。

● 筒井俊太郎《しゅんたろう》

筒井家の遠縁にあたる十六歳の少年。野武彦のもとで〈鬼使い〉の修行中。

● 三島春樹《みしまはるき》

七曜会関西支部長。百歳を超えるも矍鑠《かくしゃく》とした老婆《ろうば》。現在は透子を預かっている。

序章

皐《さつき》の花が、血のように赤く咲いていた。

京都の山奥である。

薄暗い木々のむこうに、鉛色《なまりいろ》の空が広がっている。

季節は六月の半ば。間もなく、梅雨に入ろうという時期だ。

ふいに、空のどこかで遠雷が轟《とどろ》いた。

岩だらけの道に、一人の青年が立っていた。

白い狩衣《かりぎぬ》と袴《はかま》という、奇妙な出で立ちだ。歳の頃は二十四、五。首の後ろで結んだ髪は、背中まで届く。顔だちは整っているが、飄々《ひょうひょう》とした雰囲気のせいか、あまり美形には見えない。

青年の名は、渡辺聖司《わたなべせいじ》。東京新宿《しんじゅく》にある花守《はなもり》神社の宮司《ぐうじ》の義弟で、日本全国の退魔師を統括する団体、七曜会《しちようかい》に所属する凄腕《すごうで》の術者である。

ザザッと不穏な風が鳴った。

聖司は、警戒するような瞳《ひとみ》になった。

「誰です？」

「残念ながら、いくら待っても情報屋は来ませんよ、渡辺聖司」

ふいに、梅花空木《ばいかうつぎ》の茂みのむこうから、やわらかな男の声がした。

言葉は標準語だが、イントネーションは関西のものだ。

「北辰門《ほくしんもん》の手の者ですか」

聖司は恐れげもなく、茂みのほうに向きなおった。

まだその姿から緊張はうかがえないが、視《み》る力のあるものの目には聖司がいつでも応戦できる体勢なのがわかったろう。

茂みのむこうの声は、応えない。

聖司は、穏やかに言葉をつづける。

「北辰門が裏にいるならば、思ったとおり、狙《ねら》いは篠宮透子《しのみやとうこ》というわけですね」

「なぜ、篠宮透子だと？」

茂みのむこうから、冷静に尋ねてくる声。

相手は、聖司の出方をうかがっているようだった。

「京都に異変が起きています。かつてなかったような。北辰門はこの異変に気づいた時から、非常事態に備えはじめました。あれを封印するには、よほどの力のある人柱《ひとばしら》が必要でしょう。たとえば、篠宮透子のような……ね」

その言葉が終わるか終わらないかのうちに、聖司の背後に長身の青年がすっと立つ。

怖いくらい整った顔に、銀ぶち眼鏡をかけている。歳《とし》は二十一、二。

眼鏡のせいか、理知的な印象がある。肌の色は象牙色《ぞうげいろ》で、やや長めの髪は暗褐色《あんかっしょく》。

身につけているのは、黒い中国服だ。手には、精緻《せいち》な細工をほどこした銀の短剣が握られている。

青年の顔には、哀れみに似た色が浮かんでいた。

その全身から立ち上るのは、鬼の妖気《ようき》。

「なっ……！」

ハッとしたように聖司が振り返る。

同時に、聖司の胸に青年の短剣が音もなく吸いこまれていった。

「ぐっ……！」

耳を覆いたくなるようなうめき声が立ち上った。

白い狩衣の胸に、ポツリと赤いものが滲《にじ》みだしてきた。

赤いものはしだいに広がり、布をぐっしょりと濡《ぬ》らしていく。

「な……に……」

信じられないというふうに、聖司は目を見開いた。

警戒はしていたはずだった。

背後に立たれ、攻撃されるまで気づかないというのは一流の退魔師である聖司にとっては、ありえないことだ。

それほど、相手は強いのか。

いや、何かが聖司の感覚を鈍らせていたのだ。

(ああ……あれが私の霊気にも影響をおよぼして……)

狩衣の背中を破って、血みどろの短剣の先端が突き出す。

聖司の唇から、血があふれだした。

端正な顔が、見る見るうちに青ざめていく。

青年は気の毒そうに聖司の顔を見、微笑《ほほえ》んだ。

「すみません。痛いでしょう。すぐに楽になりますから」

ぐっと短剣を引き抜くと、大量の鮮血が弧《こ》を描いて飛んだ。

草の葉に水がかかるようなザッという音がする。

聖司の身体《からだ》は壊れた人形のように、地面に倒れこんでいった。

ぐったりした身体の下に赤黒い血溜《ちだ》まりができ、しだいに広がっていく。

血みどろの狩衣の腕が、弱々しく動いていた。

もう意識は混濁しているだろう。

それを見下ろし、青年は薄く笑った。

手のなかの短剣は血に濡れているが、黒い中国服に包まれた身体には返り血は一滴もかかっていない。

「これが渡辺綱《わたなべのつな》の末裔《まつえい》とはね」

皮肉めいた口調で呟《つぶや》いた時だった。

青年の背後から、静かな声がした。

「青江《あおえ》さま、お時間です」

振り返ると、優しげな顔だちの青年が立っていた。こちらは黒いスーツに青いシャツという格好で、趣味のいいネクタイをしている。

歳は二十五、六というところだろうか。腰のあたりまである黒髪が、人目を惹《ひ》く。

手には、白いフェイスタオルを持っていた。

青年は、倒れた聖司の姿を見ても顔色一つ変えない。

「わかった」

青江は血まみれの短剣を無造作にさしだした。

スーツ姿の青年は、青江の手から短剣をとって丁寧に拭《ぬぐ》いはじめる。

青江の足もとにむかって、どこからともなく犬のような獣が近よってきた。大型の洋犬ほどのサイズだが、犬ではない。くるくると巻いた白い毛とギョロリとした金色の目の狛《こま》犬《いぬ》である。

生きた動物ではなく、式神《しきがみ》だ。

青年が一礼して後ろに下がると、青江は中指で眼鏡のブリッジをくいと持ちあげた。

「それでは行こうか、石榴《ざくろ》」

「は……。お車を用意してございます」

石榴は、恭《うやうや》しく右手のほうを示す。

「ご苦労」

青江は黒い中国服の裾《すそ》を翻《ひるがえ》し、風のなかを歩き去った。式神も、その後についていく。

二人と一体が姿を消した後、ぽつりぽつりと雨が地面を濡らしはじめた。

血溜まりのなかで、聖司は弱々しく頭をもたげようとした。

「た……くや……くん……」

かすかに唇が動く。

しかし、その身体から流れだす血は聖司の気力と体力を奪い去っていく。

やがて、がくんと頭を血溜まりに落とした聖司は目を閉じ、動かなくなった。

しだいに雨が強くなってきた。

第一章　京都からの使者

ＪＲ新宿駅《しんじゅく》から徒歩十分くらいのところに、花守《はなもり》神社と呼ばれる社《やしろ》がある。ビルとビルの谷間に建つ神社は、都内にしては広い敷地を持っていた。秋には酉《とり》の市が開かれ、大勢の人で賑《にぎ》わう。

だが、今は初夏。境内には犬の散歩をする人や、お参りをする人の姿がたまに見られるくらいだ。

そんな花守神社の本殿の右手に建つ日本家屋の二階で、一人の少年が眠っていた。

少年は、陽《ひ》に焼けたなめらかな肌と艶《つや》やかな黒髪の持ち主だ。目を閉じている今はわからないが、瞳《ひとみ》の色《ひ》は綺麗《きれい》な褐色である。

パッと人目を惹く顔だちは、十八歳という実際の年齢よりも二、三歳若く見える。

赤いパジャマからのぞく無防備な首筋が、健康的な色香を発散している。

薄茶と白のストライプの肌がけは、ぐしゃぐしゃになってベッドの下に落ちていた。

彼の名は、筒井卓也《つついたくや》という。

この神社の宮司《ぐうじ》の息子で、鬼を使役する術者〈鬼使い〉の一人である。上に六人の姉がいる。

姉たちも全員、〈鬼使い〉。父親の筒井野武彦《のぶひこ》は〈鬼使い〉の統領である。

筒井家は、〈鬼使い〉の一族なのだ。

ふいに、卓也の部屋のドアがそーっと開いた。

恐る恐るといった感じで入ってきたのは、金茶色の髪の少年だ。髪は短めで、肌は健康的な色に陽焼けしている。歳は十六。顔だちは年齢のわりには大人びている。王子さまを思わせる甘いマスクの持ち主だ。

「ん……」

卓也は、ベッドのなかで寝返りをうった。時刻はもう昼近いのだが、まだ目覚める気配はない。

「先輩、起きてください。卓也先輩」

少年は卓也の肩をつかんで、遠慮がちに揺さぶった。
五、六回揺さぶられたところで、ようやく卓也は目を開いた。
目の前に、金茶色の髪の少年の顔がある。

卓也が起きたのを見て、困ったような少年の目がパッと輝く。その様子が、どことなく金茶色の毛の大型犬を連想させる。

(あ……なんだ。俊太郎か)

少年の名は、筒井俊太郎《しゅんたろう》という。

筒井家の遠縁で、〈鬼使い〉見習いである。実家は、岩手県盛岡《もりおか》市。

二日前から花守神社に預けられ、野武彦のもとで〈鬼使い〉としての修行をさせられている。

修行にあたって、俊太郎は新宿区戸山《とやま》にある卓也のもとの高校——昴《すばる》学園高校に転校してきていた。

「ん……なんだよ……。オレ、徹夜で仕事してきて、寝たの朝の六時だぞ……」

仕事というのは、とある高校に憑《つ》いた悪霊の浄霊だった。

十七になるまで一族の落ちこぼれで、一人ではろくに退魔もできなかった卓也だが、最近ようやく、その力は安定を見せはじめている。

ただし、敵に同情して手をゆるめる癖があり、ツメの甘さが問題視されている。

大家族のなかで可愛《かわい》がられ、大事にされて育ったせいか、人を疑うのが苦手で、そういう性質が戦闘の時にも顔をだす。

もっと非情になれと、卓也は居候《いそうろう》の若い叔父《おじ》、渡辺聖司《せいじ》によく叱《しか》られていた。

(何時だよ、今……。十一時半……? じゃあ、五時間ちょいしか寝てないんじゃん。勘弁してくれよ)

枕《まくら》もとの時計を見、卓也は大欠伸《おおあくび》をして、頭から毛布をかぶった。

困ったように、俊太郎が言う声がする。

「すいません。不二子《ふじこ》さんに起こしてこいって言われちゃって……」

不二子というのは、六人いる姉たちの上から二番目だ。美人だが気が強く、弟には容赦がない。口答えすれば、手も足も出る。

わずか二日で、俊太郎も不二子のパシリにされてしまったらしい。

「起きてくださいよう、先輩。俺、困ります」

(しょうがねえな)

もう一つ欠伸をして、卓也はベッドに起きあがった。

「なんなんだよ？　不二子姉ちゃん、なんか用なのか？」

「『今、境内に行くと、いいものが見れるよ』って伝えろって言われたんです」

「いいものって？」

「さあ……」

俊太郎も首をかしげている。

(……ったく、なんなんだよ、ホントに)

目をこすりながら、卓也はベッドから降りた。

＊　＊

卓也は社務所の横を通り、広い境内を歩きだした。顔を洗い、ジーンズと白い綿シャツに着替えた後だ。

後ろから、俊太郎がついてくる。

「すごいですね。歌舞伎町《かぶきちょう》の外れに神社があるって」

「ん？　そうか？　ずっと住んでると、こんなもんだって思うけどな」

「すごいですよ。新宿ですよ、新宿。夜中にちょろっと出ていけば、夜遊びし放題じゃないですかぁ」

「うちは厳しいから、そういうのはダメだ。親父にバレたら、ただじゃすまねえぞ」

「そっかぁ……。統領、厳しい人なんですね。やっぱ、男らしくて、かっこいいですもんねえ。憧《あこが》れちゃうなあ」

うっとりとした目で、俊太郎が呟《つぶや》く。

野武彦は、俊太郎の憧れの人なのだ。

（憧れちゃう？　あの無精髭《ぶしょうひげ》の親父のどこがいいんだか）

卓也は眉根《まゆね》をよせ、顎《あご》をぼりぼり掻《か》いた。

「少女小説書いててもいいのかよ？」

実は、野武彦は夢野《ゆめの》らぶ子名義で少女小説を書いている。しかも、恐ろしいことにベストセラーになっている。ヒロインのモデルは愛妻、優美子《ゆみこ》である。

俊太郎は、少し遠い目になった。

「それは……ちょっと意外だったかなって……。でも、多面性のある男って、かっこいいですよ」

「そうかあ？」

肩をすくめて、卓也は呟いた。

俊太郎はまだまだ野武彦のかっこよさについて語りたかったようだが、卓也が相手にしてくれないので話題を変える。

「それにしても、お姉さんたち、みんな綺麗《きれい》ですよね。六人の美人姉妹って、最高じゃないですか。俺、ドキドキしちゃった」

「はあ？　美人か？」

卓也にとっては六人の姉たちは見慣れているので、そんな感想はわかない。

そのうえ、小さな頃から、いじめられつつ、手荒に可愛がられてきたので、姉というのは凶暴で理不尽なものだという思いが染《し》みこんでいる。

危うく女性観まで歪《ゆが》むところだったが、幸いにして、清楚《せいそ》で可憐《かれん》な美少女というものがこの世に存在するということを知って、人生への希望を捨てずにすんだ。

その清楚で可憐な美少女より、もっと美しく、藤《ふじ》の花のいい匂《にお》いがして、孤独で、泣きたい時に泣くこともできない生き物がいるということを知ったのは、卓也にとってよかったのか悪かったのかわからないのだが。

「卓也先輩は、贅沢《ぜいたく》なんですよ。いいなあ、美人のお姉さんぞろいで。卓也先輩もお姉さんたちに似てますよね」

「はあ？　似てねーよ」

自分のどこが、あの凶暴な姉たちに似ているというのだろう。

卓也が不機嫌そうになったのを察して、俊太郎は慌ててとりなそうとした。

「違いますよぉ。雰囲気とか性格じゃなくて、美人なとこが……」

「殴るぞ」

（誰が美人だ）

そういうのは女に使う形容詞だろうと、卓也は思った。

「ご、ごめんなさい！　冗談です！　俺、いい気になりすぎました！」

たちまち、俊太郎は尻尾《しっぽ》をまく。

「ごめんなさい。迷惑かけて、すみません。聖司さんの入院中に修行に来ちゃって、すみません。こんなにバタバタしてるなんて思わなくて」

聖司は四日前に退魔の仕事で大怪我《おおけが》をして、今も京都の病院に入院中だ。命はとりとめたが、まだ意識不明のまま、集中治療室に入っている。母と一番上の姉が京都に行って、交代でつきそっているが、意識が戻ったという連絡はない。

なぜ、そんな怪我をしたのか。誰にやられたのか。どの程度の怪我なのか。卓也は、何も知らされていなかった。たぶん、家族にも伏せるくらいだから、七曜会《しちようかい》の極秘任務にでもついていたのだろう。

心配だったが、今の卓也にはどうすることもできない。京都まで飛んでいっても、かえって母たちの負担になってしまうだろう。

「いや、気にするなよ。うち、けっこう家族は多いから、おまえの世話くらいはできるし」

やれやれと思いながら、卓也は俊太郎の肩をポンと叩《たた》いてやった。

年下のくせに、肩の高さが自分より上にあるというのは気に入らないが。

「すみません。……心配ですよね、聖司さん」

「うん。まあな。たぶん、叔父《おじ》さんのことだから、何事もなかったように戻ってこれるとは思うんだけど」

卓也は、ため息をついた。

(携帯メールもこねえし……まだ意識戻らないんだろうか。もう……四日か？　ちょっとやばいよな……)

心配なので、朝晩、自分の家の神社にお参りしている。

今の卓也にできることは、そんなことくらいだ。

(まさか、このまま……なんてことはねえと思うけど。叔父さんにかぎって……)

その時、境内の右手のほうから竹箒《たけぼうき》の音が聞こえてきた。

俊太郎が身をのりだす。

「あー！　あの人、掃除してますよ」

俊太郎が指差したのは、幻のように美しい人影だった。

闇《やみ》の色をした髪、雪白の肌、切れ長の漆黒の目。見るものを惑わす魔性《ましょう》の美貌《びぼう》。

(か……おる？)

卓也は、目を瞬《しばたた》いた。

薫《かおる》——篠宮《しのみや》薫は白い着物に紺の袴《はかま》という格好で、憮然《ぶぜん》としたまま、竹箒で落ち葉や木の枝を掃いている。

その横には、薫をミニサイズにしたような五、六歳の童子がいた。

薫とそっくり同じ着物と袴を着て、手に子供用の竹箒を持っている。

絵のように美しい大小の姿は、何かのセットのようだ。

（いいものって、これか……！）

卓也は、まじまじと二つの姿を見た。

たしかに、愛くるしい光景だ。

薫が心の底から怒っているのがわからなければ。

（掃除しろって言ったの、誰だよ？　親父か？　……まあ、親父しかいねえと思うけど）

卓也は、はあ……とため息をついた。

薫は無口で無愛想で傲慢《ごうまん》なほどマイペースで、感情表現の下手な少年だが、少なくとも野武彦の命令には従う。

「あのぉ……最初から不思議に思ってたんですけど、あの人、いったい、なんなんですか？　ぜんぜん笑わないし、愛想悪いし……。それに、あの小さい子、ずいぶん歳が離れてますけど、弟なんですか？」

声をひそめて、俊太郎が尋ねてくる。

（うーん……）

卓也は心のなかで、うなった。

ひとことで説明するのは、とても難しい気がする。

薫は一ヵ月ほど前から、この花守神社で暮らしている。ミニ薫も一緒だ。

現在のところは、野武彦に預けられた形になっている。

「小さい子はな……あいつの弟じゃない」

「ええっ？　じゃあ、まさか……子供っ⁉」

声が大きくなりかけて、俊太郎は両手で口を押さえた。

薫は無表情のまま、こちらを見た。

どうやら、「子供」と言われたことに腹を立てているらしい。

卓也は、慌てて片手で薫を拝む。

「ごめん、薫。怒るなよ。こいつ、こういう奴だからさ、あんまり気にすんな」

「怒ってるんですか？　俺には篠宮さんが何考えてるか、さっぱりわかんないです。どうしましょう……」

こっそり、俊太郎がささやく。

卓也は、ため息をついた。

わからないのも、無理はない。

薫は言葉が足りないうえに、自分の考えを他人に説明しようという気持ちがまったくないのだ。

それは、トップクラスの退魔師である父親のもとで、感情表現の仕方を教わらずに育ったせいではないかと卓也は思っている。

おかげで、薫は周囲とのトラブルが絶えない。

だが、猫好きが猫の表情を読めるように、卓也は薫の無表情の仮面の下にあるものを読みとることができる。

薫も、卓也に感情を読みとられることは嫌ではないらしい。

「しょうがねえな。このまま見物ってわけにもいかねえし。……おまえ、箒《ほうき》持ってこいよ。玄関の横にあるから」

「はい！　先輩！」

弾かれたように、俊太郎が玄関のほうに駆けだす。俊太郎は、何か言いつけられるのが大好きだ。特に、相手が卓也だとうれしいようである。

それを見ながら、卓也は薫と藤丸《ふじまる》に近づいていった。

「おはよう、薫。……いや、おはようじゃねえな。もう昼だもんな」

なるべく明るい声で言う。

薫はそれにには応えなかった。

だが、視線は卓也の動きを追いかけてくる。

「今日は掃除させられてるのか。退屈だろう？」

「……………」

「オレも手伝うよ。今、箒とりに行かせたからさ」

薫は、ボソリと答えた。

「手伝いなんか、いらん」

よく響く低めの美声だ。

素っ気ない口調だが、返事をしてくれるだけマシかもしれない。
十、話しかけて、一しか答えが返ってこないこともめずらしくないのだ。
だが、卓也は慣れているので挫《くじ》けない。

「そりゃあ、手伝いなんかなくたって、すぐ終わるのはわかってるよ。でもさ……一緒に掃いてれば、話ができるだろ?」

卓也は、ニコッと笑いかけた。

しかし、薫は優美な仕草で肩をすくめただけだった。

(愛想ねえな、相変わらず)

卓也は、心のなかでため息をついた。

まるで、人慣れない野生の獣のようだ。側《そば》にいるのに、心理的な距離を感じる。

以前の薫はもう少し、自分の近くにいたのだけれど。

今となっては信じられないことだが、二人は一度だけ、恋人として肌をあわせたことがある。

去年の冬の初めだった。

互いに望んだことだから、卓也は後悔はしていなかった。

しかし、こうもよそよそしい態度をとられると、なんだか悲しくなってくる。

たしかに、両親と六人の姉たちと俊太郎と同じ屋根の下で暮らしている今は、プライバシーなど、あってなきがごとしだ。

仮に恋人関係がつづいていたとしても、筒井家の屋根の下で親密な行為はできなかっただろう。

（でも……好きだって言ってくれたじゃん。ちゃんと……）

本当は「好き」ではなく、もっと別の言い方だったのだが、その言葉は今も卓也の胸の奥に大切にしまわれている。

それなのに、最近の薫の態度はどうしたことだろう。

薫の気持ちがわからない。

ここで暮らしていること自体、不本意なのだろうか。

たしかに、卓也の姉たちや野武彦が退魔の仕事で飛びまわっているあいだ、薫は留守番をさせられたり、社務所でおみくじを売らされたりしている。

それは、健康な十七歳の少年にとっては面白くないことには違いない。

たとえ、薫が特殊な環境で育っているとしてもだ。

「いつまでも、こういうことはつづかねえから。な、薫。じきに、おまえも七曜会でバリバリ働ける時がくるって」

〈鬼使い〉の筒井家は七曜会に所属しており、さまざまな指令を受けて働いている。

薫もまた、かつては七曜会所属の退魔師だった。

十代の若さで、その実力は全退魔師たちのなかで五指に入るほどだったという。

卓也の励ましの言葉に、薫はかすかに笑ったようだった。

それは、「七曜会に戻ってどうする?」と言いたげな表情だった。

(薫……)

卓也は、ドキリとして薫の白い顔を凝視した。

まさか、薫は七曜会への復帰を望んでいないのだろうか。

(いや、そんなはずねえ……。だって、七曜会に所属してねえと退魔の仕事だってこないし、透子《とうこ》さんのことだってあるし……)

透子というのは、薫の妹である。歳は、十五。長い黒髪を背中までたらした、色白で神秘的な美少女だ。

透子は現在、わけあって七曜会関西支部長の保護下にある。

「薫、おまえ……」

言いかけた時だった。

「せんぱーい! とってきました!」

竹箒を二本肩に担ぎ、俊太郎が意気揚々《いきようよう》と戻ってきた。

「あ、サンキュー」

卓也は竹箒を受け取り、薫の横で地面を掃きはじめた。

藤丸もせっせと竹箒を動かしている。

「うまいねえ、藤丸ちゃん。お掃除好き?」

俊太郎が、笑顔で藤丸の顔をのぞきこむ。

藤丸は無表情のまま、ついと後ろに下がった。

こちらも薫に似て、とことん無愛想だ。

見た目が愛くるしいので、卓也の姉たちは藤丸をつかまえ、着せ替え人形にしようと企《たくら》んでいるが、成功したためしはない。

(あーあ……)

俊太郎も、少しがっかりしたような顔になる。

「人見知り、激しいですね」

「ああ……まあ、そうかもな」

卓也は竹箒で落ち葉を掃きながら、苦笑した。

(いい加減、気づけよ、俊太郎)

気づかないのが、俊太郎のいいところなのだろうか。

薫は、まったく反応を見せない。

こちらは、あきらかに俊太郎は視界に入っていない。

わざとやっているわけではなく、興味がないので見ても見えていないのだ。

それは筒井家で暮らす以上、あまりよいこととは思えなかった。卓也も何度も注意していたが、薫はあらためない。

興味がないものは、どうしようもないのだろう。

(なんかなあ……。この状況、どうにかしなきゃとは思うんだけど)

こんな時、聖司がいてくれるとよかったのにと思った。

飄々《ひょうひょう》とした叔父ならば、もっとうまく、薫と俊太郎の仲をとりもってくれたのではないだろうか。

それとも、もっとかきまわして「ふふふ」と楽しげに笑っていただろうか。

(ホントに……早く意識が戻るといいんだけど)

＊　　＊

数日後のことである。

六月半ばの東京は、四月のような寒さがつづいていた。

そろそろ梅雨入りなのだろうか。今日も昨日も、朝から冷たい雨が降っている。

（ついてねえなあ……）

雨の降る鉛色の空を見上げ、卓也はため息をついた。

今、卓也がいるのは東京、佃島《つくだじま》の高層マンションから少し離れたところにある小さな公園の四阿《あずまや》のなかだ。

雨は防げるが、寒々とした風は防げない。

佃島で悪霊が暴れているので、父親に命じられ、退魔に出かけてきた帰り道だった。

悪霊を消滅させるのに忍びなくて、手加減しているうちに現場のマンションが崩れそうになった。

ようやくのことで悪霊を浄化し、地下鉄の駅にたどりついた卓也は財布をどこかに落としてきたことに気づいたのだ。

悪いことに、携帯電話は家に忘れてきてしまった。

式神《しきがみ》でも飛ばせば、家族の誰かが気づいて迎えにきてくれるはずだが、凶悪な姉たちの誰かに「バーカ」と蹴《け》りを入れられるのではないかと思うと、それもできない。

（そのうえ……これだよ）

卓也は、自分の白い綿シャツの胸もとを見下ろした。

第二ボタンまで開けたシャツは妙に盛り上がっている。

襟もとから、仔猫《こねこ》の耳と小さな丸い頭が見えていた。三毛猫である。

拾うつもりはなかった。

だが、財布を探しながら、この公園に来た時、細いミューミューいう声が聞こえて、手のひらに乗るほどの仔猫が近づいてきたのだ。仔猫は瘦《や》せて、プルプル震えていた。

今、仔猫は卓也の綿シャツのなかに潜りこみ、頭だけ外に出し、じっとしている。震えは止まったようだが、このままにしておくわけにもいかない。

（どうしよう）

ため息をついて、卓也はいつやむとも知れない雨を見つめた。

やはり、自宅まで式神を飛ばそうか。

そうする力はあったが、なんとなく踏ん切りがつかない。

（絶対、あとで姉ちゃんたちに笑い者にされちまう。そのうえ、猫なんか拾っていったら、親父だって怒るかもしんねえ）

野武彦は猫嫌いというわけではない。

しかし、家族は母親以外、全員が〈鬼使い〉で、忙しく日本全国を飛びまわっている。

そうなると、猫の世話は自然と母親の負担になる。

そんなことは、父親が許さないだろう。

野武彦の言い分は「自分で世話できないものを拾ってくるな」である。

（それは……そうかもしれねえけどさ。こいつ、雨のなかで濡《ぬ》れてたら死んじまうかもし

れねえし)

そういうところが、聖司に「卓也君は、甘いですね」と言われる所以《ゆえん》なのだが。

仔猫が、またミューミュー鳴きはじめた。

「腹減ったのか。ごめんな。雨、もうちょっと小降りになったら、交番探して、帰りの電車賃借りるから……。でも、おまえをどうやって連れて帰ろうな」

小さな耳と耳のあいだを撫《な》でてやっていた時だった。

「よかったら、これを使ってください」

静かな声がして、卓也の前にすっと透明なビニール傘が差し出されてきた。言葉は標準語だが、少し関西のイントネーションが混じっている。

(え……?)

見上げると、そこには長身の青年が立っていた。

整った理知的な顔に銀ぶち眼鏡をかけ、グレーのピンストライプの入った黒いスーツを着ている。スーツのなかは白いシャツとシルバーグレーの地に細かな黒い幾何学模様の入ったネクタイだ。スーツの胸もとから、白いポケットチーフがのぞいている。

やや長めの髪は暗褐色《あんかっしょく》で、肌の色は象牙色《ぞうげいろ》。落ち着いた物腰は、いかにも「大人」といった感じだ。

青年は左手でもう一つ、黒い傘をさしている。

卓也の顔を見て、青年は少し目を見開いた。無意識なのだろうか、形のよい唇に笑みが浮かぶ。

「あ、すみません。いいんですか？」

ホッとして、卓也は立ちあがった。

青年が差し出すビニール傘を受け取り、ペコリと頭を下げる。

「本当に助かりました。すみません。えーと、これ……」

「さしあげます。百円ショップで買った安物やから、お気になさらずに」

(関西の人なのかな)

青年の興味深そうな視線が、仔猫にむけられる。

「猫、拾ったんですか？　可愛らしいですね」

「え……あ、はい。そこで鳴いてたんで。でも、うちで飼ってもらえるかどうかわからなくて……」

視線を落とすと、仔猫は落ち着かなげにゴソゴソ動きだす。

青年はためらいがちに手をのばして、指先で仔猫の頭をそうっと撫でた。慣れない手つきだが、仔猫は目を細め、喉《のど》をゴロゴロ鳴らしはじめた。

(可愛いなあ)

卓也と青年の視線があう。

青年は、優しい目をしていた。

「もし、もらい手がなければ、私がもらいましょうか？」

「え？　いいんですか⁉」

思わぬ申し出にびっくりして、卓也は、まじまじと相手の顔を見た。

（なんていい人なんだろう。傘もくれたし）

この短いやりとりで、卓也は青年に好感を持った。

青年は笑顔で、卓也をじっと見つめている。

「この子が気に入りました。やんちゃそうで、元気そうで、私の好みです」

（やんちゃかなあ、この猫）

少し疑問を持ったものの、仔猫を引きとってくれるのはありがたい。

「ええと、じゃあ、どうしましょう。ここでお渡ししても大丈夫ですか？」

「いえ、申し訳ないんですけど、うちは京都なんです。人に会うために東京に出てきたところなので、それが終わるまで預かっていただけませんか？　夕方までには終わるはずですが……」

「それは大丈夫だと思いますけど。京都ですか？」

やはり、関西の人だったのだ。

（そんな遠くまで、仔猫連れてくのって大丈夫か？）

卓也が思ったのを察したのか、青年は公園の出入り口のほうを目で示した。

そこには、いつの間にか白い外車が停まっている。

「車で来ましたから、仔猫の体調にあわせて休み休み帰ります」

(すげえ……外車だ。金持ちなんだな、こいつ。……ってことは、餌代《えさだい》とかワクチン代も心配しなくていいんだ)

卓也は綿シャツのなかから仔猫を引っ張りだし、頭を撫でてやった。

「よかったな。おまえ、もらってもらえるって」

仔猫は、不機嫌そうに鳴いた。

「なんだよ。喜べよ。……って言っても、わかんないか」

微笑んだ卓也は、ふっと気配に気づいて目をあげた。

青年と視線があう。

相手は、不思議なくらい優しい瞳をしていた。

(ん？)

卓也は、目をパチクリさせた。

青年は、ふっと笑った。可愛くてたまらないと言いたげな表情だ。

「お腹がすいているんでしょう。どこかで猫缶でも買って、食べさせてあげましょう」

「あ、そうですね。すみません。オレ、気がきかなくて……」

「いいんですよ。ああ、そうだ。お家まで送らせてくれませんか？　連絡先は、車のなかでお教えしますから」

穏やかな声で言われて、卓也はまったく警戒せずにうなずいた。

「ありがとうございます。じゃあ、よろしくお願いします」

＊　＊

外車は、新宿の花守神社にむかって走っていた。

「花守神社ということは、もしかして、あなたは筒井さんの息子さんですか？」

膝《ひざ》の上で丸くなった仔猫を撫でながら、青年が尋ねてくる。

仔猫は途中のコンビニエンスストアで青年にキャットフードを買ってもらい、満腹して眠っている。

卓也と青年は、後部座席に乗っていた。

まさか運転手つきとは思わなかった卓也は、最初、後部座席のドアを開けてもらった時にはびっくりした。

そのうえ、運転手が腰まである長髪の若者なのにも驚いた。

まだ若く見えるのに、この眼鏡の青年はどこかの芸能プロダクションの社長か何かなのだろうか。それとも芸能人で、運転手は付き人だろうか。

「そうですけど……。うちを知ってるんですか？」

やはり青年に買ってもらった缶コーヒーを飲みながら、卓也は尋ねる。

初対面の人に奢《おご》ってもらうのは少し抵抗があったが、相手の雰囲気のせいか、なんとなくずるずる甘えてしまう。

「直接のおつきあいはありませんが、私も京都で退魔をやっています」

仔猫の顎を撫でながら、青年は穏やかな声で言った。

「え？　退魔師なんですか⁉」

思わず、缶コーヒーをこぼしそうになって、卓也は慌てて口もとを拭《ぬぐ》った。

「退魔師です。びっくりしましたか？」

「びっくりしましたよ……！　そう見えねえ……じゃなくて、見えません」

「敬語じゃなくていいですよ。あなたが筒井さんの末っ子なら、歳は三つくらいしか違わないはずですから」

（えーっ⁉　たった三つ違いかよ⁉）

三つ上なら、二十一だ。落ち着いた物腰といい、大人びた顔だちといい、どうみても二十五歳以上だと思っていたのだが。

（うーん……。タメ口は無理じゃねえ？）

戸惑っていると、青年はふんわりと微笑んだ。

「自己紹介が遅れました。青江《あおえ》といいます。よろしくお願いします」

「青江さん……？　ええと、苗字ですか？」

「いえ。ただ、青江とお呼びください」

（偽名……なのかな）

七曜会の退魔師のなかには、本名で仕事しない者もいると聞く。青江もそうなのかもしれない。

あまり深く追及してはいけないと思った。

「わかりました、青江さん。あ、オレ、筒井卓也です。こちらこそ、よろしくお願いします」

「敬語はいらないと言ったでしょう、卓也さん」

ニコッとして、青江が手をさしだしてくる。

卓也は、その手を握った。

「じゃあ、そっちも卓也って呼んでくださいよ」

「それは、ちょっと……」

青年は、少し困ったような目になった。何か不都合でもあるのだろうか。

「なんでダメなんですか？」

「実は、私は子供の頃、まわりが厳しかったせいで、すっかり敬語が癖になってしまったんです。今さら、直すのも難しくて……。でも、まわりのかたにも敬語を使われると、なんだか落ち着かないいんですよ」

申し訳なさそうな口調で、青江は言った。

「ふーん……」

そう言われると、そうなのかなという気もしてくる。

「卓也さんは気にせず、お友達に話すように話してくださいね」

「はあ……」

ためらっていると、青江は「そのほうが楽ですから」と言った。

卓也は逡巡《しゅんじゅん》したが、もともと堅苦しいのは好きではない。

(ま、いっか。そうしろって言うなら……)

さりげなく、青江から手を離し、ニコッと笑う。

青江はまじまじと卓也を見、ゆっくりと微笑んだ。

本当に幸せそうな表情だ。

まるで、ずっと探しつづけた宝物を発見したような顔をしている。

なぜ、青江がそんな顔をするのか、卓也にはわからなかった。

(妙な人だな。まあ、いいけど)

「じゃあ、タメ口きかせてもらうけど、気に障《さわ》ったら、ちゃんと言えよ」

「はい」

青江は無意識のような動作で、銀ぶち眼鏡のブリッジをくいと持ちあげた。

卓也は、あらためて青江の銀ぶち眼鏡を見た。

「退魔師で眼鏡って、珍しいよな」

姉たちも父親も眼鏡ではないし、今まで会った七曜会の退魔師たちも一人を除いて、みな裸眼だった。

見る者を石化させる邪眼の持ち主で、サングラスをかけていた女も過去にはいたが……。

「伊達《だて》眼鏡です」

眼鏡のフレームに軽く触れながら、青江が答える。

「なんで、伊達眼鏡？」

「あまり、自分の顔が好きじゃないものですから」

苦笑混じりに、青江が言った。

意外な理由に、卓也は目を瞬《しばたた》いた。

これだけルックスがいいのに、自分の顔が好きではない人がいるとは思わなかった。

「えー？　かっこいいのに」

普通に街を歩いているだけで、人目を惹きつける容姿である。モデルや俳優としても、充分にやっていけるはずだ。

もっとも、青江と同じくらい目立つ容姿のくせに、自分の外見には無頓着《むとんちゃく》な美貌の少年もいることはいるのだが。

（まあ、あいつもモデルとか俳優とか興味なさそうだけど……）

「それは、ありがとうございます」

青江は、照れたように微笑んだ。その笑顔も格好いい。

車のなかでの数十分の会話で、卓也と青江はだいぶ打ち解けた。

青江も、卓也のしゃべりかたが嫌ではないようだ。目を細め、楽しそうにして聞いている。

（いい人だな。青江さんて）

一緒に話していて、気持ちがいい。

たぶん、むこうもそう思っているだろう。

「そういえば、青江さんは人に会いに来たんだよな？」

「篠宮薫さんに会いにきました。ちょうど、卓也さんのところにいらっしゃるんですよね？」

真面目な顔になって、青江が言う。

「薫に？」

卓也は、目を見開いた。

いったい、薫になんの用なのだろう。

花守神社に薫がいるということを知っているのは、七曜会のなかでもごく一部だけだ。

わざわざ、名指しして会いにくるということは、薫の知り合いなのだろうか。

「もしかして、薫の友達なのか？」

「いいえ。お会いするのは、たぶん初めてですよ」

謎《なぞ》めいた瞳で、青江が言う。

「……へえ、そう。じゃあ、なんか仕事関係か？」

「ええ。まあ、そうですね」

青江は、かすかに微笑んだ。

卓也は、それ以上は質問しなかった。あまり、根ほり葉ほり訊《き》いてはいけないと思ったのだ。

それを後悔したのは、後になってからである。

＊　　　＊

筒井家の応接室は、静かだった。

（えーと……。オレ、ここにいていいのかな）

卓也は、居心地の悪い思いでソファーに腰かけていた。

隣に薫が座っている。

応接テーブルを隔てて、むこう側の一人掛けの肘掛け椅子《ひじかいす》に青江がいた。

薫のさらに隣には、肩まで茶色の髪をのばし、無精髭を生やした中年男性が無表情に座っている。白い着物を着て、紺の袴をはいている。

これが卓也の父、筒井野武彦だ。

普段はミリタリールックで、首から米軍の認識票をぶらさげて歩いているが、来客なので野武彦なりに普通の格好に着替えてみたらしい。

さっき、姉たちの一人が紅茶とクッキーを運んできたが、今、室内にはこの四人しかいない。

青江が薫への面会を申し込むと、野武彦は少し考え、卓也にも立ち会うように命じた。仔猫は車のなかに置くのもかわいそうだということで、筒井家の居間に入れてもらっている。

俊太郎は、部屋の外でやきもきしながら待っているはずだ。

青江は、薫にむかって大人に対するように丁寧に挨拶《あいさつ》した。

「お会いできて、うれしいです、篠宮さん。私は北辰門《ほくしんもん》の代表として派遣されてまいりました、青江と申します。どうぞよろしくお願いいたします」

薫は、差し出された名刺をちらりと見たが、表情を変えない。

今日は仕立てのよい古代紫のスーツと、マオカラーの白いシャツを着ていた。ネクタイはしていない。左手の中指には、高価そうなルビーの指輪が光っている。

指輪は装身具ではなく、薫の武器である火竜《かりゅう》を呼びだすための呪具《じゅぐ》である。

スーツ姿の二人の側にいると、ジーンズに綿シャツという格好の卓也は肩身が狭い。

卓也は、薫の横顔を見た。

「あの……北辰門って、なんだ?」

薫は「そんなことも知らないのか」と言いたげな目をした。

「安倍晴明《あべのせいめい》の末裔《まつえい》を頂点とする陰陽師《おんみようじ》や退魔師たちの組織です。京都を中心に活動しています。成立したのは平安時代です」

薫にかわって、青江が説明してくれる。

つまり、鎌倉時代末期にできた七曜会より古い組織ということになる。

野武彦は、無言のままだ。

「そんなの……あるんだ」

(聞いたことねえな)

卓也は、目を瞬《しばたた》いた。

日本の退魔師たちは、七曜会に所属しているのが当たり前だと思ったのだが。

「ご存じないのも無理はありません。我々は京都の事件を主に解決していて、あまり外のかたとの接触はありませんので」

「その北辰門がなんの用だ？」

無表情のまま、薫がボソリと尋ねる。

どことなく、迷惑そうな口ぶりだ。

「今、篠宮さんが七曜会さんから除籍されていて、経過観察期間なのは知っています。再登録してもらうまでに、時間がかかるのですよね」

青江は、チラリと野武彦のほうを見た。

野武彦は、小さくうなずく。

青江は、落ち着いた様子で微笑んだ。

「つまり、今の篠宮さんはどこにも所属されていないフリーの退魔師ということになります。私は北辰門の会長である安倍秀明《あべひであき》より、伝言を預かってまいりました。もしよろしければ、篠宮さんに北辰門との契約も考えてみていただきたいと。安倍は、篠宮さんを七曜会以上の条件でお迎えするつもりだとのことです」

「それって、スカウトか⁉　薫を……⁉」

卓也は、息を呑《の》んだ。

思わぬことに、胸の鼓動が速くなってくる。

（そんなことして、いいのか⁉　どうするんだよ、親父⁉）

目で尋ねても、野武彦は岩のような無表情のままだ。何を考えているのか、その表情からはわからない。

その隣の薫も、顔色一つ変えない。

こちらは、そもそも青江に自分の感情を見せる気はないらしい。

そんな薫を相手にしていても、青江は礼儀正しい笑顔を崩さない。

「篠宮京一郎《きょういちろう》氏……篠宮さんのお父さまは、失礼ながら七曜会での評判はあまりよろしくないようですね。亡くなられる直前には、七曜会と対立していたとも聞きます。篠宮さんが保護観察期間なのは、生前のお父さまの影響を心配する声があってのことだとも聞きます」

青江は、穏やかに言った。

どうやら、北辰門はかなり薫のことを下調べしてきたようだ。

薫は、無言のままだった。

「我々、北辰門はお父さまの責めを篠宮さんに負わせるようなことはしませんし、篠宮京一郎氏の息子さんだからといって色眼鏡で見ることもありません。京都はよい街ですよ。

ご一緒にお仕事しませんか？　もし、篠宮さんさえよろしければ、透子さんともども末永くお世話させていただくつもりですが」

〈鬼使い〉の筒井家に乗りこんできて、統領の前で堂々と薫を勧誘するとはいい度胸である。

穏やかで優しげな青年に見えるのに、したたかな部分も持っているらしい。

（薫……どうするんだよ？）

心配になって、卓也は薫の横顔を見つめた。

薫は、何を考えているのだろう。少しは心を動かされたのだろうか。

今の卓也には、薫の気持ちがまったく読めなかった。

息づまるような沈黙がつづく。

「興味がない」

ややあって、薫はつまらなそうな口調で答えた。

卓也は、少しホッとした。

北辰門に移ると言われたら、かなり困っていたところだ。

（七曜会にいてくれねえと、会えなくなりそうだもんな。そりゃあ、七曜会もそんなにいい組織じゃねえかもしれねえけど……離れ離れになったら寂しいし）

薫の返答に、青江は「予想していたことです」というふうに微笑んだ。

「そうおっしゃると思っていました。では、こう申し上げましょう。篠宮さん、あなたは北辰門においでになったほうが自由に生きられるはずです。北辰門は鬼に寛容な組織です。事実、私のような半陽鬼でさえ、安倍会長の側近として、それなりの地位と権力をあたえられています」

「え……!?　半陽鬼……!?」

卓也は、弾かれたように青江の顔を見上げた。

人と鬼とのあいだに生まれた魔性の存在を半陽鬼と呼ぶ。

その妖力《ようりょく》は、人よりも鬼よりも遥《はる》かに強い。

しかし、卓也の知る半陽鬼はこの世に二人だけだった。

薫と、その妹の透子である。

(青江さん、人間じゃなかったのか?)

青江は、申し訳なさそうに言った。

「隠していて、すみません」

「いや、いいけど……。でも、本当に半陽鬼なのか?」

「はい」

青江は、静かな目でうなずく。

そう言われても、まだ卓也には信じられなかった。

なんとなく、半陽鬼には孤独なイメージがつきまとっていたからだ。

この世には、たった二人しか半陽鬼は存在しないような気がしていた。

そんな卓也を見、青江はどことなく切なげな瞳で呟《つぶや》いた。

「あなたに会った時、すぐにわかりました。甘い香りがしていましたから。ああ、この人なのかと」

(げ……)

卓也の心臓が、どくんと跳ねる。

自分の身体《からだ》から、鬼の血をひくものにしか感じられない甘い香りがするのは知っていた。

その甘い香りは、鬼たちにとっては卓也のほうから「喰《く》ってほしい」と誘っているように感じられるらしい。

鬼たちは卓也の求愛に応えて、襲ってきているつもりなのだ。

喰うことは、鬼にとっては究極の愛情表現だ。

鬼の世界でも、滅多にあることではない。

しかし、人間でしかない卓也には鬼の物騒な愛情表現は理解できなかった。

喰いたいと言われても、ただ恐ろしいだけだった。

たった一人、心から愛した半陽鬼をのぞいては。

もし、青江にも自分の身体から立ち上る甘い香りがわかるなら、それは鬼として自分に魅了されているということを意味する。

厄介なことになるのは、目に見えていた。

薫も警戒するような視線を青江にむけ、ゆっくりと立ちあがった。

青江の出方次第では、いつでも容赦なく攻撃するつもりだろう。

過去、卓也に手出ししようとした鬼たちは、たいてい一撃で薫に倒されている。

野武彦は、無表情のままだ。

(それって……喰いたいとか……。いや、まさかそんな……違うよな)

焦る卓也の様子に冗談がすぎたと思ったのか、青江は真顔になって頭を下げた。

「すみません。冗談で言うようなことではありませんでしたね。忘れてください」

「え……いや……冗談ならいいんだけど」

まだ腰が引けた状態で、卓也は曖昧《あいまい》な笑みを浮かべてみせる。

青江は、真剣な瞳で卓也をじっと見た。

「もちろん、冗談です。あなたを喰って、この世から消し去ってしまいたいなどと思うはずがありません。私の半分は鬼ですが、半分は人間です。人の世界の価値観もわかっているつもりです」

なぜ、そんな目をするのかよくわからない。

しかし、青江が本気で言っているらしいことだけはなんとなくわかる。

「わかりました。じゃあ、もういいです」

言いながら、卓也はソファーに深く座りなおした。無意識に、青江との距離をとる。

(なんだ。甘い香りとか言って、ビビった……。冗談かよ。そうだよなあ。ありえねえじゃん。オレは男だし、青江さんも男なんだから)

そもそも、青江とはほんの小一時間前に出会ったばかりである。

「失礼しました。それでは、篠宮さん。今すぐに結論を出してくださいとは申しあげません。お返事は次にお会いした時で結構ですので。また、うかがいますよ」

軽く会釈して、青江は筒井家の応接室を出ていった。

ドアのむこうで、聞き耳をたてていたらしい俊太郎の「うわっ!」と言う声が聞こえた。

それに対する青江の「大丈夫ですか」という落ち着いた声も。

(なんだったんだ、今の……)

呆然《ぼうぜん》として、卓也は青江がさっきまで座っていた肘掛け椅子を凝視した。

野武彦が何か考えるような目で、無精髭をさすっている。

薫は、無表情のままだ。

もう一人の半陽鬼を目にして、何を想ったのだろう。

薫の気持ちは、わからない。

＊　　　　＊

「なあ、薫……どうするんだ？　あいつ、また来るって言ってたぞ」

明治通りを走り去る外車を見送りながら、卓也はポツリと尋ねた。

青江は、仔猫を連れて去っていった。

滞在時間は三十分足らずと短かったが、嵐《あらし》が吹き過ぎていったような気がする。

（半陽鬼だったなんて……）

卓也と隣には、薫がひっそりと立っていた。

薫は、どことなく不機嫌そうに見えた。

二人の後ろには、俊太郎がいる。

俊太郎は「これが本物の半陽鬼か」と言いたげな顔で、薫の姿をながめていた。

野武彦は仕事があると言って、もう部屋に戻ってしまっていた。

「何度来ても、返事は同じだ」

ボソリと薫は呟いた。

「ホントか？」

思わず、うれしくなって尋ねると、薫は卓也に背をむけ、社務所のほうに歩きだした。

「なんだよ。ちゃんと返事しろよ、薫」

卓也は、薫を追いかけた。

薫はうるさそうにスーツの肩をすくめ、さらに足を早める。

「そういえば、俺、聞いたことがあります」

追いかけてきた俊太郎が、早口に言う。

「何をだよ？」

少し不機嫌な顔になって、卓也は尋ねる。

「北辰門って、去年の鬼との戦いの時にも何もしなかったんですよね」

去年、七曜会の退魔師たちは、人間界に攻めてきた鬼たちを相手に死闘を繰り広げたのだ。

卓也も、やはり鬼たちと戦った。

「何もしなかったって？」

「だから、陰《いん》の気がぶわーって広がったり、東京がすごいことになった時も応援の術者を送ってきたり、鬼と戦ったりしないで、黙って見てたんです。七曜会は前の会長も亡くなったし、ずいぶん術者も死んだから、苦しい時に助けてくれなかった北辰門のこと、あんまり好きじゃないみたいですね」

「へえ……そうなんだ。おまえ、くわしいな」

「いちおう、〈鬼使い〉ですから。あ、見習いですけどね」

俊太郎は、ニコッと笑った。

それから、卓也を見下ろし、うれしそうに言う。

「あれ、卓也先輩、頬《ほ》っぺたに睫毛《まつげ》ついてますよ」

「え？　睫毛？」

「ぬけたやつですね。とりましょうか？」

薫はチラリと俊太郎を見たが、何も言わなかった。

卓也も俊太郎も、それには気づかなかった。

「いや、いいよ。自分でやるから」

ゴシゴシと顔をこすりながら、卓也はなんとなく薫の視線を感じた気がした。

（ん？）

見上げると、すでに視線は外れていってしまっている。

（気のせいか）

＊

＊

同じ頃、青江を乗せた外車は東名高速の東京インターチェンジにむかって走っていた。

後部座席に青江が座り、その足もとに仔猫を入れたケージが置かれている。満腹して暖まった仔猫は、ケージのなかで眠っている。

「その仔猫、いかがいたしますか？　捨てましょうか？」

運転していた青年——石榴《ざくろ》が尋ねる。

青江は不機嫌そうな顔になって、中指で銀ぶち眼鏡のブリッジをくいと持ちあげた。

「私が飼うと言ったのを聞いてなかったのか、石榴？」

「青江さま……？」

思わぬ答えに、石榴は困惑したようだった。

「なんだ？　私が猫を飼ってはいけないかな？」

「いえ……。いったい、どういう風の吹き回しかと思いまして。そんなにこの猫がお気に召しましたか？」

石榴の言葉に、青江は憮然とした様子になった。

「卓也さんが拾った猫だからに決まっている」

「筒井家の末子《ばっし》がですか？」

「そうだ。捨てたりしたら、卓也さんが悲しむ」

石榴は「お気に召したのは、〈鬼使い〉の末っ子のほうでしたか」と言いたげな顔をして、ため息をついた。

「まさか、あの少年のことをそのようにおっしゃるとは思いませんでした」

「安心しなさい、石榴。私は自分の立場を忘れたわけではない」

「そう願っております」

車のなかには、しばらく沈黙がある。

「ところで、青江さま、篠宮薫の様子はいかがでしたか？」

ややあって、石榴が口を開く。

青江は、シートにもたれて呟いた。

「あれは、規格外だね」

「規格外とおっしゃいますと？」

「誰にも躾《しつけ》られていない野生の半陽鬼だ。父親の篠宮京一郎から退魔師としての教育は受けたようだが、あとはろくに学校にも行っていまい。北辰門の〈施設〉なら、脱落して終わりだ。私のように生きのびることなどできないだろう。能力はあっても、まわりとの協調性がゼロ。興味のあるものにしか関心を示さない。あれは、飼い慣らされることは絶対にないだろう」

「それは、北辰門ではものの役に立たないということでしょうか」

「いや、誰かが首輪をつけて支配すれば、野生の半陽鬼にもそれなりの使い道はあるはずだ。問題は篠宮透子を人質にとった時、どの程度、従順に従うかだが」

ポツリと呟いて、青江は冷たく微笑んだ。

「まあ、安倍会長からは味方にできなければ、殺してもかまわんとは言われている」

石榴も皮肉めいた笑みを浮かべる。

「青江さまも、ずいぶん安倍会長に信用されたものですね。北辰門のなかでは、お気に入りだと噂《うわさ》するものまで出る始末。克海《かつみ》さまがお戻りにならなければ、安倍家の養子に入られて、次期会長になられるのでは……という噂《うわさ》まで耳にしましたよ」

克海というのは、安倍克海。

北辰門の会長、安倍秀明の長男のことである。本来ならば北辰門の次期継承者のはずだが、父との確執が原因で跡継ぎになるのを厭《いと》い、家を出て一人暮らしをしている。

石榴の言葉に、青江は肩をすくめた。

「京の財界人どもと会う時には便宜上、会長の甥《おい》と紹介されているから、後継者と勘違いする輩《やから》も出てくるかもしれない」

「青江さまは、会長の座に興味はございませんか?」

誘惑するような声音で、石榴が尋ねてくる。

青江は、苦笑した。

「いくら北辰門でも半陽鬼を頂点にいただくほど、リベラルな組織ではないだろう。それに、私は名よりも実のほうがいい」

「実……でございますか」

「大陰陽師、安倍晴明の末裔たる安倍家。その偉大な翼の下で自由に力をふるうほうが私の性《しょう》にはあっている」

言いながら、青江は無意識のような仕草で自分の首に触れた。白い指が、そこに何か巻いてあるかのように首を右から左へとなぞる。

「なるほど。安倍家を傀儡《かいらい》になさったほうが、この国を巧妙に支配できるかもしれませんね」

「石榴、おまえは口が軽すぎる。たとえ二人きりでも、滅多なことを言うな」

優しげな声で、青江が制止する。石榴は「申し訳ございません」と応え、黙りこんだ。

短い沈黙がある。

「篠宮透子は、まだ大阪か?」

事務的な口調になって、青江は尋ねる。

「そのようでございます。七曜会の関西支部長、三島春樹《みしまはるき》の屋敷におります」

「三島は手練《てだ》れだが、父親の篠宮京一郎がいなくなった今、篠宮透子の護りは弱まっている。そろそろ、仕掛けるか……」

「は……」

物騒な会話を交わす二人を乗せたまま、外車は賑《にぎ》やかな東京の街のなかを走りぬけていく。

＊　＊

同じ頃、大阪天王寺《てんのうじ》にある関西支部長の私邸の庭で、年老いた女の声がした。

「薫が花守神社に移ったそうやな」

庭の花に水をやりながら呟いたのは、着物姿の老女だ。

小柄な身体と皺《しわ》だらけの顔、それに頭の上でお団子にした白髪がどことなく狆《ちん》を連想させる。見た目は七十代くらいで、腰も曲がってはおらず、矍鑠《かくしゃく》としていた。だが、実際は百歳を越えている。

彼女が七曜会関西支部長の三島春樹だ。

「はい。先日、兄から連絡がきました」

答えたのは、長い黒髪の少女だ。

華奢《きゃしゃ》な身体に、薄紅の着物を着ている。歳は十五。陶磁器のようになめらかで、透明感のある肌をしている。

身のこなしは優雅で、姿形は咲き匂う花のように美しい。

この少女が薫の妹、透子だ。

性格は優しく穏やかだが、意外に芯《しん》が強い。

薫は、この妹のことをとても大切にしていた。

透子のほうは、言葉が足りなく、周囲と軋轢《あつれき》の多い兄のことをいつも心配している。

「そうか。まあ、伊集院《いじゅういん》のところよりは居心地はええやろ」

筒井家に預けられるまでの短い期間、薫は新宿区高田馬場《たかだのばば》にある七曜会会長、伊集院雪之介《ゆきのすけ》の屋敷で暮らしていた。

伊集院家は、表むきは踊りの家元だ。

出入りする人間も多く、薫にとっては落ち着かない場所だったのではないだろうか。

透子は水に濡れた大輪の芍薬《しゃくやく》を見、小さくうなずいた。

「そう思います」

「心配はいらんよ。薫はあれで、賢い子や。三ヵ月の辛抱やというのもわかっている。無茶はせぇへんよ」

優しい声で、三島が言った。

透子は、少し微笑んだ。

「はい」

風が、三島邸の庭を渡っていく。

（お兄ちゃん……）

透子の瞳が、ふいと宙に浮く。

離れ離れに暮らしているのは、やはり寂しい。

（本当は一緒に暮らしたいけれど……。でも……）

＊　　＊

青江がやってきた日の夜、卓也は父親の書斎を訪れた。

野武彦は大きな机にむかい、一心不乱にパソコンのキーボードを打っている。ミリタリーパンツに白いTシャツという、いつもの格好だ。

机のまわりにはクシャクシャになった紙や本が散乱し、そのあいだに少女マンガのようなイラストがカラーコピーされた紙が置いてある。

少女小説家、夢野らぶ子としての仕事中であろうか。

「あの……お父さん」

小さな声で呼びかける。

しかし、野武彦は画面を睨《にら》んだまま、振り返らない。

「あのさあ、お父さん、話があるんだけど」

やはり、反応はない。この集中力は、さすがである。

近づいて、そーっと白いTシャツの背中をつつこうとした瞬間だった。

くるりと野武彦が振り返った。

「ぎゃっ！」

「なんだ、倅《せがれ》？」

憮然として、野武彦が尋ねてくる。

（うわー！　うわー！　絶対、気配読んでるよ！）

当然といえば、当然である。相手は、七曜会でもトップクラスの術者である。

たとえ、今は十六歳の女の子を主人公にした甘いラブストーリーを書いているにしても、だ。

「仕事の邪魔しちゃって、ごめんなさい。えーと……あの……今日来た北辰門の人のことなんだけど」

卓也の言葉に、野武彦はわずかに眉をあげた。

「うん？」

「だから……ああいうのって、ありなのかな？」

「ああいうの？」

「薫をスカウトに来たろ。……そんなこと、できるのか？」

野武彦は、息子をじっと見た。

卓也の心のなかを見透かすような瞳だった。

「薫君の自由意思で移りたいと思い、七曜会が認めれば、それは可能かもしれんな」

「えー？　でも……行かせちゃっていいのか？　お父さんは、止めないのか？」

「俺の意見を訊《き》いているのか？　俺は、北辰門に移らせるのは賛成できんぞ」

「やっぱり、反対なんだ……。よかった」

ホッとして、卓也は微笑んだ。

薫を黙って行かせてしまったり、北辰門に移ればいいと言うような父親でなくて、よかったと思った。

野武彦は、顎の無精髭をさすった。

「そうだな。賛成はできん。むこうに行くのは、薫君にとってもいいことではないだろう。長い目で見てもな」

「半陽鬼を優遇するって言ってたけど……」

「本気で優遇する気なら、ああいう露骨な引き抜きの仕方はしないような気がするがなあ。筋は通しているが、筋だけでは動かないのが世の中というものだ。スカウトが来たことが公になれば、七曜会のなかで、薫君の立場は悪くなるだろう」

「マジかよ……!?　でも……お父さんは七曜会に報告しちゃうんだよな？」

「会長には言わないわけにはいかんだろう。だが、薫君が即座に断ったということも伝えておく。それならば、上のほうの心証もそう悪くならないだろう」

「うん……」

卓也は、ため息をついた。

三ヵ月のあいだ、ただ辛抱すればいいと思っていたのに、自分と薫のまわりの状況が音をたてて動きはじめている。

平穏に暮らしたいというのは、わがままな望みなのだろうか。

じっとしているだけなのに、むこうから面倒事が降ってくる。

やはり、薫には自分がついていてやらなければダメかもしれない。

(薫は嫌がるかもしんねえけど)

そう思って、卓也はもう一度、ため息をもらした。

＊

＊

その夜、卓也は悪夢をみた。

夢のなかで、卓也はどことも知れない公園のなかを歩いていた。

季節は春。起伏のある道の左右は、無数のしだれ桜だ。

月明かりのなかでも、ぼんやりと紅の色がわかる。

桜の根元には夜でもなお白い雪柳、ほのかに黄色いレンギョウ、鴇色《ときいろ》の木瓜《ぼけ》の花。

（綺麗だ……）

あたりに、自分以外の人影はない。

うっとりと夜桜をながめながら歩いていった時、行く手にひときわ高いしだれ桜が見えてきた。

重なりあう花々が邪魔をして、枝も幹もほとんど見えない。

満開の枝は花の重みでしなり、地面すれすれのところまで届いている。

（すごいなあ……）

ぼーっと桜に近づいていった時だった。

ふいに、梢《こずえ》の枝が揺れ、花びらがはらはらと舞い落ちてきた。

何げなく見上げた卓也の上に、ふわりと妖美《ようび》な影が覆いかぶさってくる。

（え……!?）

卓也は、影ごと地面に倒れこんだ。

気がついた時には、夜桜を見上げるようにして木の下に横たわっている。

胸の上に、紫のスーツがのしかかっている。

（薫……?）

月を背にして、怖いくらいに美しい顔が卓也を見下ろす。
薫の瞳には、ゾクリとするほど艶《なま》めかしい光が浮かんでいた。
——甘い匂いがする。
ささやく声には、隠しきれない欲望の響きがあった。
——薫?
ゆっくりと近づいてくる顔。
卓也は、目を閉じた。
望みどおりに、唇に唇が重なる。
愛しくて、切なくて、独占欲に胸が焼けつきそうだ。
(オレの……薫……)
ずっと、こんなふうにして触れあいたかった。
陶然として薫の唇を味わっているうちに、なぜか涙がこみあげてきた。
——なぜ泣く?
耳もとで、ささやく声。
——わから……ない……。
幸せなはずなのに、どうして涙が出るのだろう。
薫は、こんなにも近くにいるはずなのに。

吐息とともに、耳のすぐ下に熱い唇が触れてくる。

——卓也……。

ふいに、卓也の耳の下に鋭い痛みが走った。

（嚙《か》まれた……!?）

つうっと生温かい液体が首筋を伝い、首の後ろから地面に吸いこまれていくのがわかる。

恐る恐る目を開けると、唇を血に濡らした半陽鬼が目だけ動かし、卓也を見た。

薫は、このうえもなく幸せそうに微笑んでいた。

爛漫《らんまん》の桜の下で。

——おまえを喰いたい。

そう言われた時、なぜだか卓也はひどく悲しくなった。

——ああ、オレ、死んじゃうんだ……。

一度は、喰われることさえ望んだというのに。

どうしてだろう。

死ぬのが切なくてたまらない。

生きていたかった。

（ダメだ。こんなこと考えちゃ……。薫の『喰いたい』は、『愛してる』ってことなんだから……)
そう思いながらも、胸のなかに冷たい風が吹きこんでくる。
卓也はまだ若くて、生命力にあふれていた。
その若い身体にみなぎる命が、死の暗闇に本能的に抗《あらが》っているのだ。
薫のことは、喰われてもいいほど愛していた。
それなのに、死にたくない。
そう思うことが、薫への裏切りのような気がした。
(薫……オレはどうしたら……)
ゆっくりと、薫が卓也の首に顔を近づけてくる。
次に触れられる時が、命の終わりだと卓也は知っていた。
頸動脈《けいどうみゃく》を噛み裂かれれば、すべてが終わる。
流れ出る血のなかで、永遠に薫のものになれる。
(でも、死にたくない……!)
そう思った瞬間、卓也は悲鳴のような声をあげていた。
——やめろ、薫!　嫌だ!　やめろおおおおーっ!

＊　＊

「うわあああああああーっっ！」

声をあげ、卓也はベッドの上で飛び起きた。

あたりは、まだ暗かった。部屋のなかは、ひんやりとしている。

枕元の目覚まし時計は、午前三時を指していた。

（夢か……）

両手で顔を覆い、卓也は深い息を吐いた。身体が小刻みに震えている。

（どうして……オレ……あんなこと……）

たとえ夢のなかでも、薫を拒絶しようとしたことがショックだった。

（愛してるはずなのに、喰われたくないなんて……）

ずっと前から、覚悟はできているはずだったのに。

ぬるい日向水《ひなたみず》のような日常に浸かっているうちに、いつの間にか薫への純粋な想いは揺らぎはじめたのだろうか。

雑念やよけいな欲がまとわりつき、大切だったはずのものが変わりはじめる。

（いや、夢だ。悪い夢だったんだ。オレは、いつでも薫に喰われる覚悟はできてる）

そう思いながらも、手の震えはいっこうに止まらなかった。

第二章　半陽鬼《はんようき》の恋人

数日後、卓也《たくや》は野武彦《のぶひこ》に連れられ、京都に入った。薫《かおる》も一緒である。

目的は、まだ集中治療室に入っている聖司《せいじ》の見舞い。

今は一番上の姉、一美《かずみ》と三女の三奈子《みなこ》がホテル住まいをしながら、聖司につきそっている。

俊太郎《しゅんたろう》は野武彦に命じられ、東京に残った。

（薫を京都に連れてきて、大丈夫なんだろうか）

京都は、北辰門《ほくしんもん》の本拠地である。

卓也は、車の窓ごしに軒《のき》と軒を接した京都の家々を見つめていた。

隣に座る薫は、相変わらず無表情のままだ。

野武彦は、運転席でステアリングを握っている。白いTシャツにミリタリーパンツという格好だ。

「叔父《おじ》さん、意識戻んねえのかな……」

ポツリと卓也は呟《つぶや》いた。こちらは白い綿シャツにジーンズ姿だ。

「これくらいで死ぬような男ではないはずだ」

野武彦が、低く言う。

「オレもそうは思うけどさ……。頭はやられてないんだろ？」

「脳のスキャンでは異常はなかったそうだ」

「そっか……」

（なんで怪我したのかって、訊《き》いても教えてくれないかな）

卓也は、ため息をついた。

その時、野武彦がコホンと咳払《せきばら》いした。

「京都に連れてきたからには、話しておいたほうがいいだろう。聖司君の怪我の原因だ」

「はい……」

卓也は無意識に全身を緊張させ、野武彦の声に耳を傾けた。

薫は窓の外をながめているが、野武彦の言葉はちゃんと聞いているようだ。

「聖司君には、北辰門を調べてもらっていた」

「え……⁉　北辰門⁉」

「そうだ。京都に入ってから、陰の気が異様に強まっているのに気づいたろう？」

野武彦の言葉に、卓也は目を瞬《しばた》いた。

「陰の気……？　特に感じねえけど」

隣を見ると、薫があきれたような瞳《ひとみ》でこちらを見ていた。

（なんだよ……）

「感じないのか？」

静かに言われて、卓也は慌てて車のまわりを見回した。

「普通だと思うけど……違うのか？」

特に、東京との違いは感じない。

運転席のほうで、野武彦がため息をつく気配があった。

「わからんか。まあ、いい。とにかく、京都の陰の気は強まっている。というのも、この街が遠い昔から風水や呪術《じゅじゅつ》で護られた呪術結界のなかにあるからだ」

「呪術結界……？」

「そうだ。東の鴨川《かもがわ》に棲《す》む青龍《せいりゅう》、南の巨椋池《おぐらいけ》に棲む朱雀《すざく》、西の山陽道《さんようどう》にやどる白虎《びゃっこ》、北の船岡山《ふなおかやま》にやどる玄武《げんぶ》の四神《ししん》と、都の鬼門《きもん》にあたる東北をふさぐ比叡山《ひえいざん》がこの街に巨大な結界を作りだしている。この結界で、京都は丸ごと袋に入れられたような状態になっている。そこに、羅刹王《らせつおう》の陰の気が流れこんできた」

羅刹王というのは鬼の世界——鬼道界の支配者で、鬼の王である。

人間界を支配しようという恐るべき野望を持ち、この世界に攻め入ってきたのが去年のことだ。

だが、去年の冬の戦いで羅刹王は倒され、その陰の気は日本各地に散った。

京都に流れこんだ陰の気もまた、羅刹王のものだった。

「でも、陰の気は人間界が存続するためには必要なものなんだろう？」

「たしかにな。陰陽のバランスが保たれていないと、この世は存在できん。だが、京都はなまじ呪術結界があるために、流れこんできた陰の気が結界から出ることができず、内部に溜《た》まることになってしまった。そのせいで、北辰門の術者たちは困ったことになったのだ」

「困ったことって……？」

「術の効き目が弱まってきたのだ。呪術結界のなか……つまり、京都のなかでは式神《しきがみ》一つ飛ばすにも大変な苦労をしなければならない。それもこれも、過剰《かじょう》な陰の気のせいだ。もちろん、我々の術も弱まっている。気をつけねばならんぞ」

「ええーっ!? 本当ですか!?」

（それって、やばいんじゃ……）

卓也は、思わず身震いした。

どうして、自分は気がつかなかったのだろう。

落ちこぼれは脱出したと思っていたのに。

「薫君は、逆に力が強まっているかもしれんな」

「え？　そうなんですか？」

「もともと、鬼は陰の存在だ。半陽鬼である薫君にとっては、この陰の気もそう嫌なものではないはずだ」

「そう……なのか？」

チラリと見ると、薫は無表情にこちらを見返す。

何を考えているのかはわからないが、たしかに京都に入ってから、妙に居心地よさそうにしていた気がする。

「俺は聖司君に、北辰門の調査を依頼した。この陰の気のせいか、不穏な動きがいくつか報告されていたからだ。その結果、聖司君は刃物で胸を刺されて、生死の境をさまようことになった。北辰門には、探られて困ることがあったのだろう」

淡々とした声で、野武彦が言う。

卓也の全身が総毛立った。

「マジで……⁉　胸を刺された⁉」

想像するだけで、軽い吐き気がこみあげてくる。

「聖司君には強い霊力がある。普通の人間よりはダメージにも強いし、回復力もあるが、それでも生きていたのが奇跡のようだ。北辰門は、本気で聖司君を殺そうとしたのかもしれない」

「そんな……！　じゃあ、北辰門は敵じゃないですか！」

卓也は、息を呑《の》んだ。

青江《あおえ》の優しげな顔を思い出す。

そんな非道な組織に所属しているとは、とても思えなかったのだが。

(まるっきり、悪の組織じゃん。そんなのが薫を仲間にしようとしているのか……！　ダメだ、そんなの！　絶対ダメだ！)

薫は無表情のまま、窓の外をながめている。

「薫、おまえ、北辰門がそんな組織だって知ってたのか？」

卓也の問いに、薫は黙って首を横にふった。

薫も北辰門の正体は知らなかったらしい。だが、うすうす勘づいていたのか、驚いた様子はない。

「青江さん、いい人に見えたのに……」

「いい人？」

薫は、ふんと鼻で笑った。

「なんだよ？　おまえは最初から疑ってたのか？　でも、青江さんは悪い人じゃないぞ。仔猫だって引き取ってくれたし……」

哀れむような目で、薫はじっと卓也を見た。

（オレ、人がよすぎるのか？　でも……）

ショックを受けて、卓也は黙りこんだ。

まだ、青江のことを悪人だと決めつける気にはなれない。もし、彼が北辰門に所属しているとしても、何か理由があるはずだ。

そんなところが甘いと言われれば、それまでだが……。

「そういう組織だということだけは、忘れるな。とくに、薫君」

野武彦が、低く言った。

「君の性格からすると、出ていきたくなれば、誰が止めようと勝手に飛びだしていくだろう。だが、俺は七曜会と話し合いのうえ、君を預かった。俺は〈鬼使い〉の統領として、できるかぎりのことをするつもりだ。だから、北辰門に加わろうが加わるまいが、出ていく時には俺にひとこと挨拶《あいさつ》してから行ってほしい。黙って出ていかんでくれ」

「約束する」

ボソッと、薫が答える。

野武彦は、満足げに「うん」と呟いた。

最初の頃は、薫に敬語を使わせようとしていた野武彦だったが、そのうち面倒臭くなったらしく、叱るのをやめた。今は息子と同じ程度にしゃべってくれれば、それでいいと思っているようだ。

なにしろ、薫は七曜会の会長にさえ、敬語は使わない。相手によっては丁寧な態度をとることもあるが、それも希《まれ》なケースだ。

車のなかには、しばらく沈黙があった。

卓也は少しためらって、父親に話しかけた。

「お父さんも、青江さんは悪人だって思うのか？」

野武彦は、ため息をついた。

「あれだけでは判断はつかんよ。だが、北辰門に所属しているからには、油断はしないほうがいい。聖司君と同じ目にはあいたくないだろう」

「はい……」

（それは……そうだけど）

まだ納得できなくて、卓也はうつむいた。

あの青江が、悪人だとは思いたくなかった。

その時、野武彦の携帯電話が鳴った。

「卓也、出てくれ」

野武彦はステアリングを片手で握り、もう片方の手で肩越しに携帯電話を差し出す。

卓也は父親の携帯電話を受け取り、耳もとにあてた。

「はい……」

携帯電話のむこうから一番上の姉、一美の声が聞こえてきた。

「お父さま？」

「いや……卓也だけど。お父さんは運転中」

「ああ、卓也ですか。よい知らせですよ。聖司叔父さまの意識が戻りました」

「ええっ!?　本当か、一美姉ちゃん!?」

卓也は携帯電話を握りしめたまま、目を見開いた。

（よかった！　本当によかった……！）

「本当ですよ。それで、あなたたちは何時くらいにつきそうですか？」

「時間……？」

卓也は携帯電話を口もとから離し、父親のほうに声をかけた。

「お父さん、あと何分くらいでつくかな？」

「十分くらいだ」

野武彦の返事をそのまま、とりつぐ。

「十分くらいだと思うけど……」

「わかりました。待っていますよ」

それだけ言って、一美の電話は切れた。

聖司の意識が戻ったと伝えると、野武彦はホッとしたように「そうか」と言った。

薫は、表情に変化はなかった。

三人を乗せた車は、ほどなくして聖司の入院している六道《りくどう》病院についた。

＊　＊

六道病院は、五条通《ごじょうどおり》の近くにある六階建ての総合病院だ。ＪＲ丹波口《たんばぐち》駅から、徒歩十五分ほどのところに建っている。

一美たちはすぐ近くにあるホテルに泊まりこみ、聖司の看病にあたっていた。

エレベーターのドアが開くと、消毒薬のような独特の臭いが漂ってきた。

六道病院の五階だ。

エレベーターの正面は、ナースステーションになっている。その左奥に聖司のいる集中治療室があった。

「お父さま」

集中治療室の前にいた小柄な美女が振り返る。黒髪をショートカットにして、品のいい青のツーピースを着ていた。真面目で、きりっとした顔だちである。

これが筒井《つつい》家の長女、一美だ。

しっかりした性格で、父親の秘書役も務めている。優秀な〈鬼使い〉であり、退魔師でもあった。

「意識が戻ったそうだな?」

野武彦が娘に近づいていく。

「はい。最初は混乱していましたが、私が説明したので、ここが京都の病院で、入院しているということはわかったようです。まだ、とても疲れやすいそうなので、五分しか会わせてもらえませんでした」

きびきびした口調で、一美が答える。あまり眠っていないのか、目の下に隈《くま》ができていた。

「そうか。三奈子《みなこ》は?」

「私と交代で、ホテルに戻っています。でも、電話したので、またこちらに来ると思います」

「わかった。ご苦労だったな」

「はい……」

ホッとしたような顔で、一美がうなずく。

「そちらは、渡辺《わたなべ》さんのご家族のかたがたですか?」

その時、集中治療室のドアが開いて、中年の看護師が声をかけてきた。

野武彦がうなずく。

「はい。患者の姉の夫です。これが息子で」

「では、お入りください」

卓也と野武彦は集中治療室の手前の事務室で服の上に「ガウン」と呼ばれる割烹着《かっぽうぎ》のようなものを着せられ、使い捨てマスクとキャップをつけさせられた。

薫は、ナースステーション横の廊下で一美と一緒に待っていた。

集中治療室のなかにはベッドが一つあり、そのまわりをモニターや得体の知れない電子機器やチューブがとりかこんでいる。

ベッドには、蒼白《そうはく》な顔の聖司が横たわっていた。口もとには酸素マスクがつけられている。左腕には、黄色い液体の入った点滴がつながっている。

「聖司君」

野武彦が腕時計の時間を確認しながら、ベッドに近づいていく。

案内してきた看護師は「五分以上話さないでください。興奮させてもいけません」と指示をだし、隣の事務室のような部屋に戻っていった。

野武彦の声に、聖司は弱々しくこちらに顔をむけた。

端正な顔はだいぶやつれ、唇も青ざめている。

「卓也もいるぞ」

促《うなが》されて、卓也もベッドの側《そば》によった。

ぐったりした叔父の姿を見ると、胸が痛む。

「叔父さん」

聖司の瞳が、卓也を捉《とら》える。

いつもより力のない瞳だったが、そこに笑みが浮かぶ。

「卓也君……」

酸素マスクごしの声は、くぐもって聞こえる。

（ああ、オレのことがわかるんだ……。よかった）

「うん？　ここにいるよ」

聖司は目で卓也の顔の輪郭をなぞり、何か考えるようだった。

弱った身体で状況を判断し、自分の体力と伝えるべきことを脳のなかで処理し終わるまでに数秒。

視線を野武彦にむけ、「話したいことがある」と目で伝えてくる。

「なんだ、聖司君？」

野武彦が、聖司のほうに少し屈みこむ。

聖司は、不器用に手で引っ張って酸素マスクを外した。

（あ……やばい。あんなことして、いいのか？）

しかし、野武彦は止めようとはしない。

「ご心配おかけしました」

かすかな声で、聖司が言う。

野武彦を見上げる瞳には、つらそうな光があった。

任務の途中で倒れたことが、悔しくてたまらないのだろうか。

「大変だったたな。京の調査のことは心配しなくていい。ゆっくり身体《からだ》を治しなさい」

野武彦の言葉に、聖司は小さくうなずいた。

それから、また口を開く。

「薫君は、いないんですか?」

(え? 薫?)

思わぬ言葉に、卓也は目を見開いた。

聖司が薫のことを気にかけるのが、意外だった。

薫と聖司は、あまり仲がよくない。

最初は卓也と薫の関係を面白がり、時おり、横からつついて楽しんでいた聖司だったが、薫の想いが本物であるとわかるにつれて、二人の仲に反対するようになってきた。

薫は、それが面白くないのだろう。

つついて楽しまれるのも、邪魔されるのも、どちらも薫にとっては不愉快なことに違いない。

聖司は聖司で、幼い頃から自分に懐いていた可愛い甥《おい》っ子《こ》がいつの間にか成長して、同性である薫に惹《ひ》かれていくことにまだ納得できずにいるらしい。

「薫君は、外の廊下で待っている。会いたいか？」

野武彦の問いに、聖司は軽く頭を横にふった。

「それまで……待てません。大事な話です。北辰門が次に狙《ねら》うのは……」

北辰門という言葉に、野武彦がすっと目を細める。

「うん？　狙いは？」

「篠宮透子《しのみやとうこ》……」

聞こえるか聞こえないかの声。

（ええっ⁉）

「透子さんが⁉　なんで、北辰門が透子さんを⁉」

だが、それを告げたことで気力を使い果たしたのか、聖司の頭が軽くのけぞった。

瞳が閉じる。

もう意識はないようだった。

「叔父さん！　叔父さんっ！　しっかりしてくれよ！」

思わず、聖司にとりすがろうとして、卓也は野武彦に止められた。

「卓也、そっとしておきなさい。あれだけの会話でも、今の聖司君にとっては負担だったんだ」

「え……あ……ごめんなさい」

「興奮させてはいけない。北辰門の狙いがわかっただけでも充分だ」

野武彦は再び昏睡《こんすい》状態になった聖司を痛ましげに見下ろし、その額の上に軽く手をかざした。

「聖司君、心配はいらん。君はよくやってくれた。あとは、我々がなんとかしよう」

低く呟き、野武彦は卓也に目くばせし、歩きだした。

集中治療室を出る直前、野武彦がボソリと言う。

「卓也、透子さんのことは薫君には俺から話す。いいな」

「はい……」

(薫、びっくりするし、心配するだろうな……)

父親は、どんなふうに薫に伝えるつもりなのだろう。

＊　　＊

病院から京都駅前に戻るレンタカーのなかで、野武彦は薫に隠さず事情を話した。

「聖司君の話では、透子さんが北辰門に狙われているらしい。それが事実かどうかは、こちらで早急に確認する。それまで、先走ったことはしないでほしい」

薫は、それには答えなかった。

梅雨入り前の六月の陽《ひ》は強く、夏といってもいいくらいだ。

だが、陽のあたらない物陰や家々の軒下は妙に薄暗く、ひんやりと寒い。

時おり、植え込みや自動販売機の陰に蠢《うごめ》くものが視えた。京都に充満する陰の気に惹《ひ》かれてやってきた、小さな鬼や妖《あやかし》たちに違いない。

「北辰門の狙いが透子さんなら、むこうが一番邪魔に思っているのは兄である君の存在だろう。君を懐柔できなければ、始末しようとするに違いない。もちろん、君も心配だろうから、透子さんの側に行くのはかまわない。しばらく、天王寺の三島《みしま》の婆《ばあ》さんのところで暮らせるように手配しよう。だが、決して一人で行動しないでほしい。卓也をつけてやるから、いつも一緒に行動しなさい」

静かな声で、野武彦が言う。

（え？　オレが薫と？）

卓也は、目を見開いた。思わぬ話だった。

「いいな、薫君？」

野武彦の言葉に、薫はようやくボソリと答える。

「了解した」

素直な反応にホッとして、卓也はルームミラーに映る父親の顔を見た。

「お父さん、オレも大阪で暮らしていいんですか？　ホントに？」

こんな時だというのに、声が弾んでしまう。

野武彦はステアリングを握ったまま、穏やかに答えた。

「かまわん。東京のほうの仕事は、代わりのものにやらせよう。荷物も家に電話して、宅配便で送らせよう。必要なものがあったら、大阪で買ってもいい」

「はい……！」

卓也は、大きくうなずいた。

家を離れて、薫と一緒に暮らせるというのは、素直にうれしい。

たとえ、透子のガードという大変な任務があったとしてもだ。

(ラッキー……。いや、ラッキーなんて言っちゃいけねえのかもしれねえけど)

ようやく、二人きりの時間を持つことができる。

薫とも、前のように仲良くつきあうことができるかもしれない。

「大阪ならば、聖司君の見舞いにも来やすいだろう。警備はつけるが、北辰門がまた襲ってくる可能性もある。気をつけるのだぞ」

野武彦の言葉に、卓也は少し心配になった。

「叔父さんを京都に置いておいて大丈夫なのかな。ここ、北辰門の力が強いんなら、安全じゃないんじゃないのか？」

「たしかにな。だが、今日の聖司君を見たろう。あれは、まだ動かせる状態ではない。しばらくは、京都で療養に専念させるしかない」

「そう……ですけど」

「聖司君のことは心配しなくていい。俺も当分、京都にいることにする。週末には、不二子《ふじこ》と俊太郎君もこちらに呼びよせよう。おまえたちは、透子さんのことを護ってやりなさい」

（俊太郎？　大丈夫なのか？）

そうは思ったものの、非常時なのだから俊太郎にも働いてもらわなければならないと思いなおす。

卓也は無意識に大きく息を吐き、窓の外に視線をむけた。

「はい。がんばります」

行く手に、特徴的な形をした京都タワーと京都駅の駅ビルが見えてくる。

＊　　　＊

「筒井野武彦と息子、それに篠宮薫が京都に入ったようだな」

闇《やみ》のなかで、冷ややかな声がする。年配の男のものだ。

「そのようです。六道病院の渡辺聖司を見舞ったと報告が入っております。どうやら、意識が戻ったようです」

答える声は、青江のものである。

「殺しそこねたか。おまえともあろうものが」

きつい女の声が、闇のなかに響きわたる。

青江が慇懃《いんぎん》に答える。

「申し訳ございません。後ほど、あらためてとどめを刺してまいります」

「それはよい。おまえには、篠宮透子を京に連れてくるという大事な役目があるだろう。篠宮薫に邪魔されないうちに、急げ」

居丈高な口調で、女が命じる。

「は……」

青江は闇のなかで一礼し、踵《きびす》をかえして歩きだした。

ドアが開き、細い光が漏れてくる。

青江が光のむこうに消えると、闇のなかでため息が聞こえた。

「急がねば、京は陰《いん》の気に沈む」

男の声だ。

女の声が、それに応える。

「こんな時のために半陽鬼を作っておいたのでしょう、お兄さま。お兄さまは先見の明がありましたわ」

「おまえにも苦労をかけたな、玲子《れいこ》。だが、その犠牲は無駄にはせんよ。千年つづいたこの都を、これしきのことで滅ぼしてなるものか」

「京のために」

「そうだ。京のためにな」

それきり、闇のなかの会話は途絶えた。

＊　　＊

聖司を見舞った日の夜、卓也と薫は大阪、天王寺の七曜会関西支部にむかった。

野武彦から三島春樹《はるき》に話は伝えてあるという。

京都から新大阪までは新幹線を使って十数分。

その後、新大阪から地下鉄御堂筋《みどうすじ》線に乗り換え、二十分ほどで天王寺駅に到着する。

「透子さんに会うの、久しぶりじゃねえのか」

片側四車線の広い道路を右手に見ながら、卓也と薫は駅前の道を歩きだした。道の左手のほうに、天王寺公園がある。

そこで薫と一緒に鳩《はと》に餌《えさ》をやったのは、去年の夏のことだったろうか。

「春先に会った」

漆黒の髪を風になびかせながら、薫は卓也の少し先を歩いていく。

通り過ぎる人々が薫の美貌《びぼう》に目を留め、振り返っていくが、当人はまったく気にしていないようだ。

「春先？　……ってことは、うちに来る前ってことか？」

尋ねはしたが、薫の返答はあまり期待していない。

薫もそれがわかっているのか、何も言わない。

(透子さんに会うの、久しぶりだよな。半年ぶりくらいか)

卓也にとって、透子が初恋の人だった。

薫と特別な関係になってからも、透子のことは案じていた。

広い道路を渡り、アーケードのついた賑《にぎ》やかな商店街をぬけていくと、やがて庶民的な住宅街が現れる。

その一角に、三島春樹の邸宅があった。

立派な門構えで、庭も広い。門の横には「三島」という表札がかかっていた。

インターフォンを押そうとした時だった。

薫がふっと表情を硬くし、卓也の手首を押さえた。

「え？　なんだよ？」

ほぼ同時に、鋭い少女の悲鳴が響きわたる。

（この声……！）

「透子さん⁉」

駆けだす卓也の横を、薫が音もなく追いこしていく。

玄関の引き戸は開きっぱなしで、そのむこうの廊下に誰かが倒れているのが見えた。

着物姿の老女だ。

（三島の婆ちゃん⁉）

薫が素早く老女の傍らに膝《ひざ》をつき、その肩をつかむ。

「お婆さま」

三島は弱々しく目を開いた。

着物の胸から血が流れだしている。頰《ほお》の色は、真っ青だった。

「か……おる……か……」

「透子は？」

薫の問いに、三島は目だけ動かして奥のほうを示した。

「さらわれた……」

「さらわれた？　誰にですか？」

卓也も三島の側に膝をついて、その顔をのぞきこむ。

三島は卓也の顔を見、ゆっくりと唇を動かした。

「黒い……中国服の若い男や……。たぶん、北辰門の……青江……」

「青江さん⁉」

卓也と薫は、目と目を見交わした。

（嘘《うそ》だ……！）

自分の耳で聞いた言葉が、信じられない。

「本当に青江さんだったんですか？」

「青江や……」

それだけ言って、三島は目を閉じた。

「しっかりしてください、支部長！」

慌てて肩を揺さぶろうとする卓也を制し、薫は老女の胸の上にすっと手をかざした。

雪白の手のひらが、ぼうっと淡く光る。

そのとたん、流れ出る血が固まりはじめたようだった。

（止血……してくれてるのか？）

「卓也」

何をしているのかと言いたげな不機嫌な目で睨《にら》まれ、慌てて卓也は立ちあがった。

(そうだ。透子さん！　まだ遠くには行っていないかもしれねえ！)

卓也は、屋敷の外に駆け出した。

だが、あたりには青江らしい人影はない。透子の気配も感じられなかった。

あきらめて屋敷に戻ると、三島が駆けつけた関西支部の退魔師に手当てをされていた。

(薫は？　奥か？)

卓也は、奥の部屋に入っていった。

部屋のなかは花瓶が倒れ、襖《ふすま》が切り裂かれ、ひどい状態だ。

三島もただ、やられたわけではなく、抵抗したようだ。

次々に部屋を通りぬけていくと、透子のものらしい部屋にたどりついた。

六畳の和室に文机が置かれ、文机の上には薄桃色の和紙の便箋《びんせん》と花柄のペンが転がっている。

十五歳の少女の部屋としては、かなり古めかしい。化粧品や携帯電話も見あたらない。

ガラスの砕けた窓があり、割れたガラスの角に透子のものらしい薄桃色の着物の切れ端がひっかかっていた。

(透子さん……)

着物の切れ端をつかみ、呆然としていると、背後に誰かの気配を感じた。

素早く振り返ると、薫が無表情に立っていた。

手に、不思議な道具を持っている。

二枚の金属の板を重ねた器具で、上は丸く、下は四角い。丸い板はCDくらいのサイズである。二枚の金属板は丸い軸《じく》でつながっていて、動かせるようになっている。軸のてっぺんには小さな方位磁石が埋めこまれていた。磁石の周囲には、北斗七星を象《かたど》った七つの丸い点が刻みこまれている。両方の板のまわりには、八卦《はっけ》や干支《えと》、星の名前などが細かく描かれていた。

これが鬼八卦《おにはっけ》と呼ばれる呪術専用の呪具、鬼羅盤《おにらばん》である。

鬼八卦を使えるのは、鬼の血をひくものだけだ。

「ごめん、薫。逃げられちまった」

卓也の言葉に肩をすくめ、薫は無言で鬼羅盤を操りはじめた。「もう、おまえには頼まない」と言われたような気がして、卓也は目を伏せた。

(なんか……オレ、足手まとい?)

久々にそんなことを感じて、少し凹《へこ》む。

しかし、今はそんなことを言っている場合ではない。

「透子さん、どこに連れていかれたかわかるか?」

気をとりなおして、卓也は尋ねた。

占っているのが、透子の連れ去られた方向だということくらいはわかる。

「的殺《てきさつ》の方角。風門《ふうもん》。計都《けいと》と黄幡神《おうばんしん》の力が相克《そうこく》する地」

慣れた手つきで鬼羅盤を操作しながら、ボソリと薫が言う。

「それって、どこだよ？」

卓也には、さっぱりわからない。

薫は面倒臭そうな表情になった。

だが、質問には答えてくれる。

「ここから見て、乾《いぬい》の方角だ」

言いながら、すっと鬼羅盤をスーツの懐に入れる。

「乾ってことは……北西？　天王寺の北西って、どこだ？」

「難波《なんば》」

短く答え、薫は踵《きびす》をかえして歩きだした。

「難波ったって広いだろ！　どこだよ⁉」

慌てて、卓也も追いかけた。

薫は「ついてくればわかる」と言いたげな様子で、卓也を振り返りもしない。

夜のなかに滑りだしていく姿は昼の微睡《まどろみ》から覚め、動きだした美しい野生の獣のようだ。

＊　＊

三島の屋敷から難波までは、地下鉄を使うと二十分とかからない。

すでに、陽は暮れていた。時刻は、もう午後八時を過ぎている。

夜のなんば駅は、家路を急ぐサラリーマンやＯＬたちで賑わっている。

薫は雑踏のなかを誰にもぶつからず、風のように通りぬけていく。

通り過ぎる人々が、薫の姿に目を留《と》めることはなかった。気配を殺しているのだろうか。

「どっちだ、薫？」

息を切らしながら、卓也は薫の後から追いかけていく。

階段を一気に駆けあがり、ずっと走りどおしだ。

そのうえ、薫は卓也のことなどおかまいなしに先に進むので、人混みのなかで置き去りにされそうになる。

薫はチラリと卓也を見、目で西口のほうを示す。

（あっちか……）

阪神《はんしん》高速環状線の高架が見える。

その下をくぐるようにして、広い道がつづいている。

道の両側にはビルが建ち並び、飲食店のネオンが輝いていた。

薫は迷わず、高架のほうに走りだした。

「透子さん、近くにいるのか？」

「近い」

ボソリと答えて、薫は高架の下をくぐりぬけ、赤信号の横断歩道をつっきっていく。

「あ！　バカ！　危ねえぞ！　薫！」

薫は卓也の制止を無視し、軽々とトラックとトラックのあいだをすりぬけ、車の屋根から屋根に飛び移り、あっという間に反対側の道に到着した。

怒ったようなクラクションが響きわたる。

だが、薫は振り向きもしない。

(あのバカ鬼が！　事故ったらどうする気だ⁉)

卓也は足踏みしながら、信号が赤に変わるのを待った。ほかにどうしようもない。

そのあいだに、薫は裏通りのほうに消えていく。

(あーっ！　オレを置いていく気か⁉)

信号が青に変わった。

卓也は、猛ダッシュで走りだした。

薫がどこに行ったかわからなくなったらと思うと心配だった。

しかし、裏通りに入ってすぐ、右手の小さな神社のほうから男たちの叫び声があがった。

「うわっ！」

「姫羅盤《ひめらばん》を渡すな！」

姫羅盤というのは、透子のことだ。

生きた呪具、姫羅盤として生まれた透子は、去年の冬の戦いでその力の大半を失っていた。だから、もう姫羅盤と呼べないかもしれないのだが。

（あっちか……！）

卓也は神社にむかって、いっそうスピードをあげた。

＊　　＊

難波八坂《やさか》神社と彫《ほ》られた石碑《せきひ》を見ながら、石の鳥居をくぐると、すぐ巨大な獅子《しし》頭《がしら》が目に飛びこんできた。どうやら、獅子頭の口のなかが舞台になっているらしい。

その手前で、黒い中国服に銀ぶち眼鏡の青年と、紫のスーツを着た妖美《ようび》な影が激しく戦っていた。

青年は、青江だった。

青江の身のこなしには、まったく隙《すき》がない。

（青江さん⁉　やっぱり、襲ってきたのって青江さんだったのか……⁉）

信じられない思いで、卓也はその光景を見つめていた。

——黒い……中国服の若い男や……。たぶん、北辰門の……青江……。

三島春樹の言葉が、胸のなかで木霊《こだま》している。

聖司を殺そうとするような組織に所属しているのだから、青江もやはり見た目どおりの善人ではなかったのだ。

頭ではわかっていたが、心で納得できない。

時おり、二人の動きは人間の目では捕らえきれないほど速くなる。

薫と戦う青江はとても生き生きとしていて、楽しそうにさえ見える。

ふいに、二人の半陽鬼は、左右に飛び離れて着地した。

「もっと本気を出してください、篠宮さん。私は一度、同じ半陽鬼と死力を尽くして戦ってみたかったんです」

唇の端に笑みを浮かべ、青江が言う。

薫は、相変わらず無表情に青江をじっと見ている。

卓也には、薫が透子に手をだした青江に対して深く静かに腹を立てているのがわかった。

できるものなら、殺してやりたいと思っているに違いない。

だが、透子の安全が確保できない状態では、半陽鬼同士の本気の死闘など、できようはずもない。

それがわかっていて、青江は余裕たっぷりの態度をとっている。

「来ないんですか？　あなたを殺してもかまわないとは言われているんですが、これでは張り合いがありません。あまり、私を失望させないでくださいね」

（青江さん……そんなこと言うんだ……）

あらためてショックを受けて、卓也は青江の姿を凝視した。

やはり、自分は甘すぎたのかもしれない。

薫は、青江の言葉には答えなかった。ただ、押し殺した怒りだけが、青白い炎のような霊気となって立ち昇っている。

次の瞬間、薫と青江の身体が宙に舞った。近くの建物の屋根から屋根へと飛び移り、戦いながら移動していく。

「薫……！」

慌てて、卓也も地面を走って薫を追いかけようとした。

その時、右手の参道のほうで人の気配がした。

見ると、五、六人のダークスーツの男たちが立っていた。

男たちの一人は、ぐったりした着物姿の少女を抱えている。

長い黒髪が、少女の目を閉じた顔にかかっていた。意識はないようだ。薄桃色《うすももいろ》の着物の袖《そで》が、少し破れていた。

「透子さん！」

（大丈夫か⁉　なんか、ひどい目にあわされてるんじゃ……）

卓也が来たのを見て、男たちは顔を見あわせた。

「まずいな。新手だ」

「まだいたのか」

男たちは、いっせいに身構えた。

卓也も、体術で男たちに襲いかかっていく。

相手も、訓練された動きで応戦しはじめる。

「北辰門か⁉　どうして、透子さんを狙う⁉」

「ええい！　邪魔をするな、小僧‼」

飛んでくる拳《こぶし》を避け、卓也は相手の腹に蹴《け》りを叩《たた》きこんだ。

蹴られた男が、ふっ飛ぶ。

「意外にやる」

「強いぞ……！　気をつけろ！」

男たちの一人が、スーツの懐から呪符《じゅふ》をとりだした。

（やる気か？）

卓也も意識を集中させ、式神を呼びだそうとした。足もとから、ゆらゆらと霊気が白い霞《かすみ》のように立ち上りはじめる。

その時、ふいに聞き覚えのない男の声がした。声は、まだ若い。

「何をしている？」

見ると、右手のほうに十七、八歳の少年が立っていた。

人形めいた綺麗な顔だちと色素の薄い肌、癖のあるやわらかそうな栗色《くりいろ》の髪。中性的な印象のある、ほっそりした身体。身長は卓也と同じか、もう少し低い。

第一印象は、猫科の美少年。モデルかアイドルのような顔は整っているだけではなく、不思議と人目を惹きつける。華やかなオーラとカリスマ性は、生まれつきのものだろう。

性格は、見るからにわがままそうだ。

少年は、きつい瞳で男たちを見据えている。

身につけているのは、色の淡いジーンズとVネックのラヴェンダーのカットソー。白いベルトと白い腕時計がアクセントになっている。

戦っていた男たちが、ギョッとしたように動きを止めた。

「克海《かつみ》さま！」

「どうして、こんなところに⁉」

克海と呼ばれた少年は男たちを見、ぐったりした透子を見た。

「散歩の途中や。その女の子はなんだ？　安倍《あべ》の家中の者が人さらいの真似か？」

男たちは顔を見あわせた。

「これは……深い事情が」

「おまえたちの事情など知らん。命令したのは誰だ？」

「あ……青江さまです」

「青江か。……その子を置いて去れ」

「しかし……！」

「ぼくの命令が聞けへんのか？」

克海の言葉に、男たちは反射的に頭を下げた。

「そのようなことは……」

「行け」

「は……！」

男たちはぐったりした透子を丁重に地面に寝かせ、風のように神社の境内から去っていった。

(なんなんだ、これ……?　こいつ、北辰門の関係者か?)

油断なく、卓也は克海を見つめた。

克海はすまなそうな顔になって、こちらに近づいてくる。

「大丈夫やったか、君?」

「ええ……おかげさまで」

いちおう、助けてもらったので、卓也はペコリと頭を下げた。

克海の視線が、横たわる透子にむけられる。

「その子は……」

言いかけた時だった。

ひらりと神社の屋根から、薫が降り立った。

「薫!　青江さんは!?」

卓也の声に、克海がハッとしたように薫を見た。

「とり逃がした」

薫は憮然《ぶぜん》とした表情で応え、透子に近づいてきた。意識のない身体を、そっと抱え起こす。

その時、克海が声をあげた。

「薫！」

（え？　知り合いか？）

薫が克海を見上げ、わずかに目を細めた。どうやら、見知った顔らしい。

克海が薫に走りより、低く言う。

「やっぱり、薫だ。……その子は妹さんなのか？」

薫は無言で、小さくうなずく。

克海は数秒間、黙りこんだ。それから、何かを決意したような表情になって言う。

「ほな、いったん、うちに運ぼう」

薫は謎《なぞ》めいた闇色の瞳で克海をじっと見、透子を抱えて立ちあがった。

「こっちだ。道はわかるかい？」

克海が先に立って歩きだす。薫も、それにつづいた。

（えー？　でも、この人が敵か味方かわかんないのに、ついてって大丈夫か？　薫は知り合いっぽいけど）

慌てて、卓也も薫に駆けよった。声をひそめて、尋ねる。

「ついていく気か？」

「透子を休ませたい」

まったく感情のこもらない声が、ボソリと答える。

「じゃあ、三島の婆ちゃんのところでも……」

「三島支部長のところは警備が手薄になっている」

「でも、あいつのこと、信用していいのかよ？」

卓也の問いに、薫は答えなかった。

ただ、黙って克海の後からついていく。

（なんなんだよ、薫？　あいつ、どういう知り合いなんだ？）

訊きたいのに、薫はどんどん先に進んでいく。

卓也は不安と苛立《いらだ》ちを抱えたまま、薫たちの後を追いかけた。

＊　＊

連れてこられたのは、難波八坂神社から徒歩五分ほどのところにある高級マンションだ。

三十階ほどの高層ビルで、一階にはコンビニエンスストアや薬局、オシャレなカフェなどが入っている。

マンションの玄関は暗証番号が必要で、部外者は立ち入ることができない。

克海の部屋は、この高級マンションの最上階にあった。

来る途中で聞いた話では親元を離れて一人暮らしということだった。

廊下は焦《こ》げ茶《ちゃ》色のフローリングで、掃除したてのように埃《ほこり》一つ落ちていない。

「さあ、入って」

克海は薫と意識のない透子を部屋に通し、ついてきた卓也を見て、わずかに眉根《まゆね》をよせた。

「君も来たのか」

(来ちゃ悪いか)

憮然《ぶぜん》として、卓也は克海の顔を見返す。

克海は肩をすくめ、「どうぞ」と卓也をなかに通す。

それから、先に立ってまっすぐ居間に入り、窓際のオープンシェルフに近づいていく。

オープンシェルフはチェリー材で、一番上の棚に木彫りの小さな人形が四つ置かれている。

人形は親指ほどの大きさで、こけしを思わせる素朴な作りである。彫りかたがおおざっぱなので、人間なのか熊《くま》なのか犬なのか、はっきりしない。

克海は人形を一つとり、ふっと息を吹きかけて口のなかで呪文を唱え、部屋の隅に置いた。

人形がぼーっと淡く輝きだす。

（え？　こいつ、術者なのか？　退魔師？）

薫もわずかに目を細め、克海の姿をじっと見ている。まるで、克海が術を使うところを初めて見たような様子だ。

淡く光る木彫りの人形は、ぐぐっと大きくなって仏像の下で踏まれている邪鬼のような姿に変わった。部屋の隅にうずくまった姿は半透明で、むこうの壁が透けて見えている。

（なんだよ、これ……？）

克海は、無言で残り三つの人形をそれぞれ建物の三つの角に置いた。

一つは居間に、一つは克海のものらしいベッドが置かれた部屋に、一つは客用寝室に、最後の一つは玄関を入ってすぐの角に。

三つの人形は、それぞれ半透明の邪鬼に変わる。

「これで、何があってもぼくのところだけは安全や。妹さんは、ベッドに寝かせておいたほうがいい」

克海は、先に立って玄関の側の客用寝室に移動していく。

四畳半の室内には、シングルのベッドと籐《とう》の円椅子が置かれている。

壁には、ウォークインクローゼットがとりつけてあった。

室内はホテルの一室のように綺麗に片づき、ベッドメイキングもきちんとされていた。

薫は音もなく客用寝室に入り、ベッドに透子を寝かしつけた。

ぐったりした透子は、意識をとり戻す気配はない。

卓也は、目を閉じた透子の顔をまじまじと見た。

さっきは戦闘に気をとられていて気づかなかったが、細い首にピンク色の痣《あざ》のようなものがついている。

少し、桜の花びらの形に似ている。

強くぶつかったか、こすったかしたのだろうか。

(なんだ、これ？　変な形の痣だな)

しかし、薫は痣のことは気にしていないように見えた。

それならば、とくに指摘する必要はないのだろうか。

「大丈夫かな、透子さん」

「じきに目を覚ます」

ボソッと、薫が言った。

「なら、いいけど……」

その時だった。

卓也の携帯電話が鳴りはじめた。

(うわっ！)

慌てて、卓也は携帯電話をとった。

「はい！」

携帯電話のむこうから、父親の声が聞こえてくる。

「卓也、今、どこだ？」

「あ、えっと……今、大阪です。三島支部長がやられて、透子さんがさらわれたので、追いかけてきて、難波で取り返しました。それで、今……薫の知り合いのマンションに来てて……」

あたりを見まわしながら、卓也は心のなかで焦っていた。

本当ならば、安全をたしかめるまで、克海のマンションについてくるべきではなかったのだ。

軽率な行動を、父親に叱《しか》られてしまうだろうか。

だが、野武彦は息子を叱りはしなかった。短く尋ねてくる。

「そこの住所は？」

（あ、来る気なんだ）

「ちょっと待って」

卓也は携帯電話を口もとから離し、克海を振り返った。

「あの……ここの住所って……？」

克海は卓也の携帯電話を見、首を横にふった。

「かくまってあげるのは、かまへん。でも、住所は……困る」

一瞬、卓也は「えー？」と思った。だが、すぐに克海の気持ちに思いあたる。

物騒なご時世なのだから、たとえ男同士であったとしても見ず知らずの人間に住所を教えるのは不安だろう。

（まあ、しょうがねえな。オレが逆の立場でも断るかも）

ため息をついて、卓也は携帯電話にむかって話しかける。

「ごめん、お父さん。住所は教えたくないって」

「そうか。……しかたがない。状況が変わったら、また連絡しろ。式神は飛ばせない。京都の陰の気が強すぎてな。おまえの手が空いたら、電話をよこせ」

それだけ言って、野武彦からの電話は切れた。

電話が終わってから、卓也は廊下に出て話せばよかったと思った。

そこまで頭がまわっていないということは、冷静なつもりでもやはり少し混乱していたに違いない。

その時、今度は別の携帯電話が鳴った。聞き覚えのない着信音だ。

（え？　ええっ？　オレのじゃねえぞ。誰のだ？）

キョロキョロしていると、克海が慌てたように携帯電話をとりだし、耳もとにあてた。

「はい、克海です。……お父さん？」

克海の目が見開かれる。

短い沈黙の後、克海はため息混じりに答えた。

「唐突なお話やなあ。渡せって言われても……。事情がわかるまでは、こちらで預かりたいと思います。……はい。結界は張っていますよ。ほな、失礼します」

携帯電話を切って、克海は憮然とした表情になった。

（渡せって……まさか、透子さん？）

卓也は、警戒しながら克海の様子をうかがっている。

薫は、何を考えているのかわからない。

克海が卓也と薫の顔を見、ふうとため息をついた。

「今ので、どっと疲れたわ。お茶いれるから、一息つこう」

＊　　　＊

意識のない透子を客用寝室に寝かせたまま、卓也たちは居間に戻った。

克海が慣れた手つきで、緑茶をいれてくれる。

卓也はテーブルの前に座り、さしだされた白磁《はくじ》の茶碗《ちゃわん》を口もとに運んだ。一口飲んで、目を見開く。

まろやかな甘みと上品な苦みが、口のなかに広がる。

よほど気をつかって丁寧にいれないと、この味は出せない。

たぶん、繊細な性格なのだろう。おおざっぱな性格では、無理だ。

筒井《つつい》家《け》でもこんな味のお茶をいれられるのは、母親のほかには長女と三女、それに聖司くらいのものである。

薫は感情を表さない瞳で、卓也の横顔をながめていた。緑茶には、口をつけない。

基本的に、薫はあまり人前で飲み食いしない。

警戒心が強いせいなのか、それとも飲食に対する欲求が薄いせいなのかわからない。

卓也のほうは他人からもらったものを平気で口に入れるので、よく叔父や姉たちに叱られていた。

克海は自分用のお茶をいれ、卓也と薫のむかい側の椅子に座った。

緑茶を半分くらい飲み干し、物問いたげな表情で卓也の顔をじっと見る。

卓也も、克海の瞳を見返した。

(何者なんだろう、こいつ。北辰門の奴らに命令してた。あいつらが言うこと聞くってことは、こいつはけっこう上の人間だってことだ。それって……やばくねえか?)

薫が落ち着いているということは、敵ではないということだろうか。

「薫と知り合いなんですか?」

探りを入れてみる。

克海はどことなく切なげな目になって、ため息をついた。

「そうだね。知り合いといえば、知り合いだ」

「お友達……なんですか？」

克海はいっそう切なげな顔で、薫のほうをじっと見た。

なぜだかわからないが、卓也はピンときた。

(この人……もしかして、薫のことを……？)

たぶん、間違いはないだろう。

薫に特別な感情を持っているから、助けてくれたのだ。

どういう知り合いなのかは、よくわからないが。

薫のほうは、まったく克海の視線に興味を示さない。

「短い時間だけど、一緒に暮らしていたよ。ここで」

卓也にというよりは、薫に「そうだね」と確認するような口調で、克海が言った。

(こいつと一緒に⁉)

卓也は、勢いよく薫の顔を見た。

薫は、無表情のままだ。

「一緒に暮らしてたんですか？　でも……薫が誰かと暮らすって、あんまりないっていうか……めずらしいですよね」

花守神社では一緒に暮らしていたが、それは七曜会の命令で、薫が筒井家に預けられているからだ。

こんなマンションの一室で、薫が誰かと暮らすというのは考えにくい。

それほど、克海のことが気に入っていたのだろうか。

卓也の胸に、嫉妬《しっと》に似た感情が浮かんだ。

自分にはそんな気持ちを持つ権利はないのかもしれないが、面白くはない。

(まさか、恋人だったとか？)

問いただしたくても、克海の前ではそんなことは口にはできない。

卓也は、震える手で緑茶の茶碗をつかんだ。ごくごくっと一気に飲み干す。

落ち着けと自分に言い聞かせる。

今は、そんなことを考えている場合ではないと思った。

薫に北辰門の人間らしい少年と一緒に暮らしていた過去があったとしたら、ますます、七曜会のなかでの立場が危うくなる。

自分が護ってやらなければいけない。

(嫉妬するんじゃない。薫のことを信じなきゃ)

「それで、君は誰なんだ？」

穏やかな声になって、克海が尋ねてくる。

卓也は、少しためらった。

「……薫の友人です」

「友人、ね」

克海は、ポツリと呟いた。

こちらも、何かピンときたようだ。

「薫が友人と一緒に行動するところは、初めて見たな。意外だ」

「オレも、薫が誰かと一緒に暮らすのは意外でした」

二人は、しばらく互いの目を見つめあった。

先に視線をそらしたのは、卓也のほうだった。

克海の表情があまりにも痛々しくて、見ていられない。

(なんで、そんな顔するんだよ……)

だが、今は薫と克海のことより、大切なことがあった。

「さっきの電話、北辰門のお仲間からですか?」

北辰門の名をだすと、克海は苦笑を浮かべた。

「それがわかるってことは、君も堅気《かたぎ》じゃないってことになる。……ああ、あれは父だよ。お察しのとおり、北辰門の人間だ」

「もしかして、お父さん、透子さんを渡せって言ってたんじゃ……」

「大丈夫だよ。ここにいるかぎりは、絶対に安全だ」

「でも、お父さんにここに透子さんがいるってバレたんですよね？　だったら、強引にとり戻しにくるんじゃ……」

卓也の言葉に、克海は真顔になった。

「君は誤解しているようだけど、北辰門はもともと力ずくで女の子をさらうような組織じゃない……どう考えても、おかしい気がするな。ぼくは北辰門とは距離をとっているから、今、あそこで何が起きているかは知らへんけど……。もしかして、薫の妹さんを何か危険から保護しようとしていたんとちゃうかな？」

どうやら、克海は北辰門が悪者だとは考えたくないようだった。

卓也はキッとなって、首を横にふる。

「そんなはず、ないでしょう。あんな乱暴な真似をして。三島の婆ちゃん……透子さんを預かってたお婆さんだって、北辰門に襲われて倒れてたんですよ」

克海は、目を伏せた。

「そうか……。じゃあ、ほんまにさらおうとしたんやね。そうでなければいいと思ったんだけど」

やりきれないといった表情で、克海がため息をつく。

室内には、しばらく沈黙があった。

「何か話は聞いてないんですか？　透子さんのことで……」

少しためらって、卓也は尋ねた。

克海は卓也を見、困ったような顔をした。

「家には、正月くらいしか帰らへん。今年の正月は、父親と喧嘩《けんか》して最悪やったし……。ああ、そういえば、神社で会ったのは北辰門のなかでも荒事《あらごと》を担当している術者たちかもしれない」

「荒事……？」

「乱暴なことや、ちょっと後ろ暗い任務を担当する術者たちや。彼らが動いているなら、そういうことなんやろな。北辰門のなかで何かが起きているのは間違いあらへん。ぼくは、それがなんなのかはっきりわかるまでは、たとえ父が相手でも妹さんを渡すつもりはないよ」

「ええと……あなたは北辰門の術者じゃないんですか？」

「北辰門とも家とも距離は置いている。ぼくは、父の望むような陰陽師になるつもりはないから」

（陰陽師になるつもりはないって……。あんな結界、簡単に張れるくせに）

結界のことを思うと、コンプレックスが疼《うず》きはじめる。

落ちこぼれを脱して、一人前に戦えるようになった卓也だが、いまだに結界を張るのは苦手だ。攻撃したり、何かを壊す任務は好きだが、護りの任務は得意ではない。

以前、力まかせに暴れるのばかり上手になって……と、叔父に嘆息されたことがある。

卓也は、無言でじっと克海を見つめた。

ここで、薫とどんなふうにして暮らしていたのか、訊きたくてたまらない。

しかし、それは克海には訊けないことだった。

（こいつ、何者なんだよ？）

沈黙がつづく。

やがて、克海がふっと笑った。

「君は七曜会の退魔師なのかな？」

それに「はい」と答えればいいのか「いいえ」と答えればいいのか、卓也にはわからなかった。

正体を名乗る踏ん切りがつかないでいると、克海は苦笑した。

「ああ、いいよ。言わなくていい。名前だけ、教えてくれへんかな？　ぼくは、克海。北《ほく》辰《しん》大学付属第二高校の三年生だ」

「卓也です。十八です」

さしだされた克海の手を握ると、温もりが伝わってきた。

たぶん、悪い人間ではないのだろう。

少なくとも、薫のことは本気で好きらしいし、薫の妹の透子のことも粗末にするようには見えない。

それとも、克海のそんな様子もただの見せかけなのだろうか。

（わかんねえ……）

「十八なんだ。同じ歳だね。……そういえば、ぼくは薫の歳は知らへんけど」

克海は、チラリと薫を見て物問いたげな顔をする。

薫は、何も答えない。

（知らないんだ。……恋人っぽいのに）

「十七ですよ」

卓也は、横から答えた。

克海は、ふっと遠くを見るような目になった。

「そうか。じゃあ、初めて会った時は十五だったんだね。二年前やから」

（十五……。オレと会う前だ。オレが会ったのは、薫が十六の時だから）

やはり、自分と会う前からの知り合いだったのだ。

なんとなく、負けたような気がする。こういうことに、先着順はないだろうとは思うのだが。

「二年前からのお友達なんですか」

「ああ。満開のしだれ桜の下で会ったんや。……今でも夢やったのかなと思う。最初、木の上から舞い降りてきた時は桜の精かと思った。二度目に会った時も、やっぱりしだれ桜の時期やった。あの夜、薫は花びらのなかに埋もれるようにして眠っていた」

呟く克海の瞳が、苦痛に翳《かげ》る。

「ぼくたちは恋人同士だったね、薫」

(恋人同士!?)

卓也は息を呑んだ。

克海は苦しげな視線を卓也にむけ、喉《のど》の奥から押し出すようにして言った。

「すまない。非常識なことを言ってしまって……。君もこんな話、聞かされたくはないやろね」

「オレは、何も聞いてません」

かろうじて、卓也はそう答えた。

「すまない……」

克海は片手で顔を覆って、うつむいた。

長い、気まずい沈黙がある。

「二度目に会ったのは、今年の春やった。二ヵ月前……。もう二度と会えへんと思っていたから、うれしかった。でも、意識が戻ったら、すぐに姿を消してしまって、ぼくはどんなに心配したかわからへんわ」

胸もとをギュッとつかみ、克海が呟く。

(え？　二ヵ月前……？)

卓也は、まじまじと薫の横顔を見た。

年末の戦いで死んだと思われていた薫が五ヵ月ほどの空白期間を置いて、突如として卓也のもとに戻ってきたのはつい一ヵ月ほど前のことである。

もしかして、薫は自分のところに来る直前まで、克海のところにいたのではないか。

そう思うと、冷静ではいられない。

卓也の動揺を感じているのかいないのか、薫は無表情のまま、目をあわせようとはしない。

「薫は、君のところに帰ったのかな」

呟く克海の顔が、くしゃっとなった。

克海は震える指で目をこすり、笑顔を作ろうとしたようだった。

(どうしよう……)

卓也は、うつむいた。

「わかりません……。たしかに、薫が戻ってきたのは一ヵ月くらい前ですけど」

「君は、いつから薫と友達になったんや?」

「いつからかは……わからないです。初めて会ったのは、去年ですけど」

「去年……。じゃあ、ぼくが探していたあいだ、薫は君のところにおったんか。君の家は京都ちゃうやろ? 東京やろ? なあ?」

「もう……勘弁してください。オレ、そういう話をしにきたわけじゃないです」

卓也は、少し声を大きくした。

これ以上、この話をつづけられたら、たまらない。

克海は、深いため息をついた。震える手を握りしめ、絞り出すような声で言う。

「すまない。ぼくは動揺しているようだ」

「それで、話を戻しますが、克海さんは透子さんをどうするつもりですか?」

少しばかり冷ややかに、卓也は尋ねた。

「どうって……ここでかくまってもかまへんと思っているけれど」

克海の言葉に、薫がわずかに眉根をよせた。

「透子の意識が戻ったら、出ていく」

感情のこもらない声が、ボソリと言う。

まさか、そんなことを言われると思っていなかったのか、克海は焦ったようだった。

「出ていくって……薫。この部屋だったら、絶対に安全なんやで。外に出るのは危険だ。

父の部下たちだって、まだまわりで見張っているだろう」

薫は無言で、克海をじっと見た。「それでも出ていく」と言いたげな瞳だった。

（どうしよう。親父に連絡とって、判断してもらったほうがよさそうだけど……。この状況じゃ、携帯なんか出せねえ）

克海が、切なげな目になった。

「薫……頼むわ。ここで出ていかれたら、二度と会えないような気がするんだ。結界はぼくが護るから、出ていこうなんて考えないでおくれ」

卓也は、眉根をよせた。

「だって……北辰門に居所がバレてるんですよ？　一生、籠城《ろうじょう》するってわけにはいかないでしょう？」

克海は、一瞬、不機嫌そうな顔になった。卓也に意見されたのが、気に入らなかったのだろうか。

だが、すぐに穏やかな表情に戻って答える。

「わかった。ほな、妹さんの意識が戻ったら、移動しよう」

「移動するって言っても……」

「あてはある」

克海は、自信満々な口調で言った。

それ以上、反論するのも面倒になって、卓也は黙りこんだ。

なんとかして、父親に電話をかけねばならない。

(どうしたらいいんだよ……)

その時だった。

薫が警戒するような目になって玄関の方向を見、音もなく立ちあがる。

(ん？　なんだ？)

「どうしたんだ、薫……？」

薫がそれに答えるより早く、玄関のチャイムが鳴った。

(誰か来た……！)

卓也もドキリとして、腰を浮かせた。

克海は卓也と薫を見、座るように手で制した。

「大丈夫。誰が来ても、なかには入れへん」

(そう言われても……。大丈夫なのかな。オレ、まだ、この人のこと、完全に信用できたわけじゃねえし)

薫は無言のまま、居間を出ていった。

慌てて、卓也も追いかける。

薫は、透子の眠る客用寝室に滑りこんでいった。克海になんと言われようとも、自分は自分で透子を護ると言いたげな態度だ。

居間のほうから、インターフォンをとる克海の声が聞こえてきた。

「はい」

インターフォンのむこうから、聞き覚えのある男の声が流れてくる。

「克海さま、青江です」

（青江さん……！）

卓也の心臓が、どくんと鳴った。

青江が北辰門の退魔師であり、透子をさらおうとしたと知っても、まだ何かわけがあったのではないかと思わずにはいられない。

たぶん、わかってはいたが、まだ信じたくないのだ。

「わかった。今、行く」

短く言う声がして、克海が廊下に出てきた。そのまま、玄関にむかっていく。

その後から、卓也も恐る恐るついていった。

廊下のむこうで、克海が玄関のドアを開けるのが見えた。

ドアの外に、見覚えのある長身の青年が立っている。

黒い中国服を着て、銀ぶち眼鏡をかけていた。東京で会った時とは違い、酷薄な空気を漂わせている。服装のせいか、顔は同じでも別人のように見えた。

(こんな顔するんだ……)

卓也の胸の鼓動が速くなる。

青江と克海は、マンションの玄関の内と外でむきあっている。

「結界があるから、なかには入れへんよ」

冷ややかな口調で、克海が言う。

青江も、同じくらい冷たい声で答える。

「わかっております、克海さま」

「で、用件は?」

「こちらに、篠宮透子がいるはずですが」

「篠宮透子? 篠宮?」

克海が、息を呑む気配がした。

まるで、篠宮という姓を別のことで知っていて、初めて透子と薫の苗字と同じだと気づいたような様子だ。

「ご存じではなかったのですか? 七曜会がかくまっている半陽鬼です。今は、このマンションのなかにいますが」

青江は克海を見下ろし、無表情に言う。

「半陽鬼……。そうか」

ポツリと呟いて、克海はしばらく黙りこんだ。

「お父上の命令です。篠宮透子を引き渡していただきましょう」

「それはできへん」

きっぱりと克海が言った。

あくまで、薫との約束を護るつもりなのだろう。

青江は、銀ぶち眼鏡のむこうの目をすっと細めた。

「それは、お父上の命令に逆らうということですか?」

「父にはもう言った。ぼくが納得するまでは、あの女の子は渡さない」

「なるほど。いかに克海さまが安倍家のご嫡男であっても、北辰門の会長でもあるご当主に逆らったとなると今までどおりにはいかないでしょう。それをご承知のうえですね?」

青江の口もとに、皮肉めいた笑みが浮かぶ。

「ぼくを脅しても無駄や。帰れ」

克海の声は、厳しい。

「は……」

恭《うやうや》しく頭を下げ、青江は踵をかえして去っていった。

克海はゆっくりとドアを閉め、鍵《かぎ》をかける。

振り返った少年の顔には、なんとも言えない表情が浮かんでいた。

「卓也君、薫の妹さんは半陽鬼なのかい？」

思いあまったように尋ねられて、卓也は口ごもった。

（やばいな。何も知らないんなら、これ以上、透子さんの情報は渡したくねえ。……青江さんが安倍の嫡男って言ってたってことは、こいつ、マジで北辰門のトップのほうじゃん。絶対、やばい……）

透子には、いろいろと厄介な秘密がある。

それが知られれば、北辰門の追撃はさらに激しさを増すだろう。

困ってしまって黙りこんでいると、克海はため息をついた。

「まあ、ええわ。妹さんがなんであろうと、ぼくは護る。乗りかかった船や」

「いいんですか？　なんだか、まずいみたいな雰囲気ですけど……」

「ぼくが薫にしてあげられることは、このくらいや」

卓也は、克海から視線をそらした。

この人も薫のことが好きなのだと思った。

しかし、今の卓也の立場では何も言えない。

二人は黙って、薫が待つ部屋に戻った。

第三章　北辰門《ほくしんもん》の陰謀

青江《あおえ》がやってきてから、一時間半ほどが過ぎた。

時刻は、夜の十一時をまわっている。

卓也《たくや》たちは客用寝室に籠《こも》り、口数も少なく、ただ透子《とうこ》の意識が戻るのを待っていた。

薫《かおる》はすぐ意識が戻りそうなことを言っていたのに、透子は目を覚ます気配がない。

(ちょっと遅くねえか?)

「なあ、大丈夫かなあ、薫。透子さん、起きねえな」

不安になって尋ねると、薫はチラリと卓也を見た。

無表情だが、透子のことを心配しているのが伝わってくる。

(ああ、そうか。こいつも大変なんだ)

自分も克海《かつみ》のことでびっくりしたり、青江が北辰門の術者として透子を奪いにきたことにショックを受けていたが、薫は薫で透子の心配で手いっぱいなのだろう。

(オレが護ってやらなきゃ。オレのほうが年上なんだから)

しみじみと薫の顔を見ながら、卓也はそう思った。

大人びて見えるせいで誤解されがちだが、薫の生きてきた時間は卓也よりも一年短い。

そのうえ、保護者といえる人を失い、この世ではもう妹の透子と二人きりになってしまっている。

(今は親父が保護監督役だけど、オレが大人になったら、ちゃんとこいつの後ろ盾になってやらなきゃ。薫が人間の世界で、少しでも自由に生きていけるように)

それは、個人的な恋愛を成就させること以上に大切なことのはずだった。

卓也は心を鎮め、できるだけ落ち着いた声をだすようにした。

「おまえの予定より、時間がかかってるみたいだな。こういうの、よくあることなのか?」

薫は、それには答えなかった。

相変わらず、感情を表にだそうとはしない。

しかし、卓也は薫が話しかけられるのを嫌がっていないのを感じた。

本当に嫌ならば、目で「黙れ」と命じるか、卓也を無視して出ていくはずだ。

「心配だな……。おまえ、透子さんをとりかえした時にちゃんと調べたはずだもんな。なんか術がかかってたら、すぐわかるよな。……それとも、すぐにはわかんねえような術かかってたりするのかな」

薫は「わからん」と言いたげに、目を伏せた。

「そっか……。じゃあ、待つしかねえのか」

端から見ると、それはほとんど卓也の一人語りのような会話だった。

しかし、克海には二人のあいだで会話が成立しているのがわかったようだ。

卓也が話しかけて、あれこれ尋ねても、薫が嫌がっていないということも。

その短い会話が、薫にとって卓也がどんな存在かをはっきり伝えてくる。

克海が何を想ったのかは、わからない。壁にもたれて座ったまま、透子と薫をながめている。

長い沈黙がつづく。

卓也は、無意識に深呼吸した。

(なんか息苦しい……)

そうでなくても、四畳半の部屋に四人も入っているのだ。

居心地のいいわけがなかった。

(たまんねえ)

卓也はドアへの道をふさぐようにして座っている克海に頭を下げ、立ちあがった。

「すみません。ちょっと通してもらえますか」

「ああ……」

克海も面倒臭そうに立ちあがる。

「トイレかい?」

「いえ……ちょっとコンビニに。たしか、一階にありましたよね」

「ああ、あるけど。大丈夫かな」

「大丈夫です。オレだって、自分の身くらい護れます。……それに、ここに籠るなら、いろいろ買っておかなきゃいけないものもあります」

薫が、卓也のほうをチラリと見た。

(あ、止められるかな)

しかし、透子のことで頭がいっぱいなのか、薫はとくに何も言わなかった。

克海も、卓也を止める気はないようだった。

もしかしたら、卓也ぬきで薫と話したいのかもしれない。

それは卓也にとっては少し面白くないことだったが、今はやらなければならないことがあった。

(外に出て、ここの住所、確認して、親父に電話しなきゃ。このままじゃ、絶対、北辰門に捕まっちまう)

「ほな、気をつけて。マンションの入り口は暗証番号のところで部屋の番号を三〇〇七って入力して、最後にCを押してくれたら、インターフォンが通じるから、こちらでロックを解除する」

克海が穏やかな口調で言う。

「はい。……それじゃ、薫。行ってくる」

薫に軽く手をふって、卓也は客用寝室を出た。

＊　　＊

克海の部屋を出るなり、敵に襲われるのではないかと思ったが、廊下に北辰門の術者たちの気配はなかった。

青江も退《ひ》いてしまったようだ。

(完全にいなくなるはずねえんだけどな)

卓也は警戒しながらマンションを出て、一階のコンビニエンスストアの前で父親に携帯電話をかけた。

連絡を待っていたらしい野武彦《のぶひこ》は、くわしい事情を知りたがった。

「ええと、あのさ、長くは話せないけど、オレ、大丈夫だから。薫も透子さんもまだ部屋にいる。今、マンションの一階のコンビニに来てて、そこでしゃべってるんだけど」

近くの電柱を見て、だいたいの住所を野武彦に伝える。

「わかった。ただちに急行する。無茶をするなよ、卓也」

「大丈夫だよ。じゃあ……」

卓也は携帯電話を切り、ホッと安堵《あんど》の息を吐《つ》いた。

父親に連絡を入れることができて、ようやく安心していた。

早ければ三十分以内に、父親と合流できる。もしかすると、姉たちの誰かも応援にきてくれるかもしれない。

(これでよしと)

そう思って、マンションに戻ろうとした時、強い殺気が流れた。

(え⁉)

反射的に身構えた卓也の目に、右手のほうから走ってくる巨大な百足《むかで》が映った。

大型トラックほどの大きさで、身体《からだ》は黒く、赤い触角がついている。大百足は卓也を発見したのか、触角を動かし、こちらに急接近してくる。

「ひっ……!」

卓也の全身に鳥肌が立った。

虫が怖いわけではないが、このサイズの百足となると話は別だ。式神《しきがみ》だとわかっていても、近づきたくない。

道の反対側に、ダークスーツ姿の男が一人立っていた。歳《とし》は二十代後半くらい。両手で印《いん》を結んでいる。

北辰門の術者だろうか。

「生かして捕えろ、百足王」

男が冷ややかな声で命じる。

（冗談じゃねえよ！　捕まってたまるか！）

卓也は慌てて、白い綿シャツの下を探った。ジーンズと腹のあいだに、懐剣がはさんである。

懐剣は黒鞘《くろさや》で、金蒔絵《きんまきえ》で藤の花が描かれている。名は〈藤波《ふじなみ》〉。

一見するとただの懐剣だが、卓也が霊力をこめて使うと守護獣を招喚することができるのだ。

卓也は大きく息を吸い込んで、懐剣をぬいた。

早く倒して、薫のところに戻らなければならない。

懐剣の切っ先を大百足にむける。

「守護獣招喚、急々如律令《きゅうきゅうにょりつりょう》！」

叫んだとたん、身体が熱くなった。熱はそのまま、真っ白な炎となって懐剣の先から噴きだす。

白い炎のなかから現れたのは、三つの頭を持つ猛禽《もうきん》――カルラ鳥だ。

右の顔は猪《いのしし》、左の顔は獅子《しし》、正面の顔は人間。

一日に一頭の龍王《りゅうおう》と五百匹の小龍を食べると言われる伝説の魔鳥である。

ギシャアアアアアアーッ！

白い炎をまき散らしながら、カルラ鳥は大百足に襲いかかっていった。

（いけるか……！）

大百足が弾かれ、仰向けに地面に叩《たた》きつけられる。

ダークスーツの術者が、苦しげに顔を歪《ゆが》めて叫んだ。

「おのれ！　このくらいで！　行け、百足王！」

大百足は細い脚をざわざわと動かして、もとの体勢に戻り、カルラ鳥を追って動きだした。

守護獣の隙《すき》をみて巻きつき、毒の牙《きば》で嚙《か》みつこうとする。

カルラ鳥が暴れるたびに、パッと白い火花が散った。

一撃で倒せると思ったのに、意外に大百足は強い。

（気をつけねえと、こっちがやられる）

卓也は、唇を嚙みしめた。

カルラ鳥に集中していた卓也の背後に、ふいに異様な気配が走った。

（え……？）

振り返ると、すぐ側に大人の背丈ほどもある大蜘蛛《おおぐも》がいた。複眼は赤く、黒い身体に黄色い縞《しま》が入っている。これも誰かの式神だろう。

「ぎゃあああああーっ！」

思わず、卓也は悲鳴をあげた。

蜘蛛だけはダメだ。我慢ができない。

卓也の動揺に反応したように、カルラ鳥が動きを止めた。

次の瞬間、大百足がカルラ鳥の頭を食いちぎる。

「ぐ……うっ……！」

激痛を感じ、卓也はその場に膝《ひざ》をついた。

胃がむかむかして、立っていられない。

（しまった……！）

退魔師にとって、使役していたものを倒された時が一番危ない。

なぜなら、守護獣の受けたダメージはそのまま、術者に跳ねかえってくるからである。

（ダメだ……。動けねえ……）

大蜘蛛が上から、のしかかってくる。

「うわあああああーっ！」

その瞬間だった。

ザシュッ！

大蜘蛛の胴体に銀色の光が走った。

（え……!?）

呆然《ぼうぜん》とする卓也の目の前で、大蜘蛛は一枚の呪符《じゅふ》に変わって地面に落ちた。端から、めらめらと燃えながら消滅していく。

近くの民家の屋根から、山伏装束《やまぶししょうぞく》の男が悲鳴をあげて転がり落ちてくる。大蜘蛛を使っていた術者だろうか。

（あんなとこにいたんだ……）

カツン……。

かすかな靴音とともに、妖美《ようび》な影が卓也の前に立った。

ほのかに、藤の花の香りがしたようだった。

「隙《すき》だらけだ」

無感動な声が、ボソリと言う。

「か……おる……」

呆然としたまま、卓也は薫を見上げた。

どうして、ここに薫がいるのかわからない。

「部屋にいたんじゃ……。あ、もしかして、オレが襲われてたから助けにきてくれたのか？」

薫は、その問いには答えなかった。

「油断するな」

叱責《しっせき》するように言って、右手のほうを目で示す。

そこには、大百足が不気味にとぐろを巻いていた。無数の脚がざわざわ動いている。

そんなものを見ても、薫は顔色一つ変えない。

〈藤波〉を握りしめたまま、卓也は立ちあがった。これ以上、薫にみっともないところを見せるわけにはいかない。

だが、大百足がとぐろを解き、一気にこちらに襲いかかってくると身がすくんだ。

(見た目に惑《まど》わされるな……！　あれはただの式神だ！)

ほぼ同時に、薫の身体が流れるように前に出た。

無数の脚のついた黒い身体が、薫に巻きつこうとする。

薫の雪白の手が舞うように動いた。

ビシュッ！

大百足は内側から弾け飛ぶ。

地面に舞い落ちた呪符は、すでに炎をあげていた。

「すげ……」

卓也は自分が息を止めていたことに気づき、はあ……と息を吐いた。
「ごめん。迂闊《うかつ》に外に出て……」
言いかけた時だった。
薫がふっとマンションのほうを見上げ、無表情のまま、「透子」と呟《つぶや》いた。
身を翻《ひるがえ》して、マンションの正面玄関にむかって走りだす。
(やべえ！　透子さん、襲われたのか⁉)
卓也も、薫の後から駆けだした。
しかし、正面玄関の自動ドアは閉まっている。
卓也は慌ててマンションの入り口のボードに走りより、部屋番号を押した。
正しい番号を押したはずだった。けれども、インターフォンは沈黙している。
焦っていると、薫がすっとボタンの並ぶボードに手をかざした。
次の瞬間、玄関の自動ドアが開いた。
(今、何やったんだ？)
だが、それについて尋ねている暇はなかった。
マンションのなかには、異様な妖気が漂っていた。

＊　　＊

エレベーターでマンションの最上階についた卓也と薫は、克海の部屋にむかって走りだした。

高級ホテルのような内装の廊下には、妖気が充満している。

透子は無事なのだろうか。不安が募《つの》ってくる。

（薫のバカ。なんで、透子さんの側を離れたりしたんだよ……!?）

自分のことを棚にあげて、そんなことを思ってしまう。

やがて、行く手に克海の部屋のドアが見えてきた。開いたドアの前に、青江が立っている。

（しまった……！）

やはり、外に出るべきではなかったのだ。

そう思った時、部屋のなかから透子が出てきた。

身体がぼーっと青く光っている。目は開いていたが、まわりの状況がわかっているようには見えない。

透子の首の桜の花びらの形の痣《あざ》から、強い妖気が立ち上っていた。

どう見ても、透子は正気ではない。

もしかしたら、あの痣は何かの術がかけられた印だったのだろうか。

「薫、あの痣……！」

「そうだ」

卓也の内心の想いを読みとったように、薫がボソリと言う。

半陽鬼は飛ぶように走りながら、まったく息も切らせていない。

ふいに、部屋のなかから克海の叫びが聞こえてきた。

「ダメだ！　透子さん、行かせない！」

克海が、よろめきながら廊下に出てくる。

必死に透子にむかって手をのばし、着物の腕をつかもうとする。

そのとたん、バチッと音がして、克海の手は弾き返された。

「うわっ」

(なんだ、あれ⁉)

どうやら、青く光っているあいだは、透子に触れることができないらしい。

痛そうに右手を押さえた克海の横に、すっと青江が立つ。

克海が、ハッとしたように青江を見る。青江は、酷薄な目をしていた。

「青江、おまえ……！」

「邪魔をしないでいただきましょう」

トスッ！

克海の首筋に手刀が叩きこまれる。

容赦のない一撃だった。

（あ……！）

克海は小さくうめき、ずるずるとその場に倒れこんだ。

青江は無表情にその姿を見下ろし、ゆっくりと卓也たちにむきなおった。

「青江さん……」

卓也は、まじまじと青江を見つめた。

（いい人だと思ってたのに……こんなひどいことするんだ……）

青江は卓也の苦痛に満ちた視線を受け、一瞬、たじろいだようだった。

「卓也さん……」

「こんなことをするなんて……。見損なった！」

卓也は、青江をキッと見た。

「すみません。あなたにだけは、こんな姿は見られたくありませんでした」

中指で銀ぶち眼鏡のブリッジを持ちあげ、青江は低く呟いた。

端正な顔には、どことなく悲しげな色がある。

「透子さんをどうするつもりなんだ？」

「それは……」

青江が言いかけた時、青く光る透子が廊下の奥のほうに駆けだした。そちらは壁で、行き止まりだ。

「透子」

何か不穏なものを感じたのか、薫が妹を追いかけようとする。

「そうはさせません」

青江は冷ややかな表情になって、すっと薫の前に立ちふさがった。

「どけ」

「どきません」

二人の半陽鬼は、無言で互いの目を睨《にら》みあった。

ドンッ！

突然、爆発音とともに、行く手の壁に大穴があいた。大人二人が楽々通れるほどの穴だ。

ゴウッと風が吹きこんでくる。

大穴の前に、透子が立っていた。穴にむかって手を翳《かざ》している。

今の爆発は、透子がやったのだろうか。

卓也には、信じられなかった。

透子は何かに憑《つ》かれたように、大穴にむかって歩きだす。薄桃色の着物の袂《たもと》が大きく翻った。

（なんか、いつもの透子さんと違う……。やばい）

そう思った瞬間、透子の華奢《きゃしゃ》な身体が大穴のむこうに消えるのが見えた。

（嘘《うそ》!?　飛び降りた!?）

血が逆流するような感覚があった。

「透子さん！　透子さーんっ！」

薫も、透子を追って走りだす。

しかし、それより先に青江も大穴にたどりつき、透子を追って飛び降りた。

（うわ……！　ここ三十階……！）

大穴から顔を出し、恐る恐る下をのぞきこむ。

遥《はる》か下に、二つの人影が見えた。

青く光る透子が何事もなかったように地面に着地し、夜のむこうに走っていく。その後ろからついていく黒い人影は、青江だろう。

薫が、卓也の横にすっと立った。

そのまま、大穴のむこうに飛び降りようとする。

だした。

「バカ！　やめろ！　危ねえ！」

止めようとする卓也を、闇《やみ》よりも深い漆黒の瞳でじっと見、薫は音もなく宙に身を投げ

「………………！」

卓也は、息を呑《の》んだ。

一瞬、紫の鳥が翼を広げたように見えた。

遥か下にふわりと着地した薫は、そのまま透子を追って裏通りのむこうに消えていく。

「薫！」

つい、つられて飛び下りそうになって、卓也は激しく首を横にふった。

（ダメだ、ダメ！　オレは人間なんだから、落ちたら死ぬって！）

そう思った時だった。

「卓也！」

いきなり、背後から抱きすくめられて、卓也はびくっとなった。

（だっ、誰!?）

「早まってはいかんぞ！」

耳もとで聞こえた声に、ふっと力をぬく。

「お父さん……」

振り返ると、心配そうな野武彦の顔があった。

「どうした？　大丈夫だったか？」

「透子さんが連れていかれちまった！　薫も追いかけてった！」

早口に説明すると、野武彦は「そうか」とだけ呟いて、息子から手を離した。

（そういえば、克海……）

振り返った卓也は、数人のダークスーツの男たちが意識のない克海のまわりに集まっているのに気づいた。

「あ……！」

卓也の視線に、ダークスーツの男たちは軽く頭を下げた。こちらに対する敵意はないようだ。

「このかたは、我々が」

そのまま、男たちは克海を担《かつ》ぎあげて去っていく。

どうやら、北辰門の関係者らしい。

卓也は、尋ねるように野武彦の顔を見上げた。

「お父さん、行かせていいのか？」

まだ、克海から聞きだせることがあったのではないだろうか。

「ここで戦うわけにもいかないだろう。……あれは、たぶん安倍家《あべけ》の長男だ」

「それって……北辰門のトップの……」

「そうだな。普通ならば、次期会長のはずだが、家を飛びだして大阪で何をしているのか。透子さんを助けようとしたのも妙な話だが」

野武彦は、ため息をついた。

卓也は、少しためらって言った。

「お父さん、薫のことで不利にしねえって約束するなら言うけど」

「約束しよう。……で、なんだ?」

「薫とあの克海って人、知り合いみたいなんだ。どっちも、相手の正体は知らないでつきあってたみたいだけど。薫は克海が北辰門の関係者だってのは知らなかったし、克海も薫が半陽鬼だとか七曜会の退魔師だとかは知らなかったみたいだ。これ、七曜会には内緒な」

卓也の言葉に、野武彦は片方の眉《まゆ》をあげた。

「知らずにつきあっていたのか」

「うん。オレもちょっとびっくりしたけど」

「そうか」

それだけ言って、野武彦は薫たちが飛び降りた大穴のほうを見た。「つきあっていた」が、どういう意味なのかは深く追及するつもりはないようだ。

「北辰門が透子さんをさらったのなら、行く先は京都だ。我々も京都に戻ろう」

「薫は？　置いていくのか？」

心配になって、卓也は尋ねた。

野武彦は、白いTシャツの肩をすくめてみせる。

「ここには戻ってくるまい。京都に戻れば、たぶんむこうで合流できるだろう」

「宿とか……薫に教えてあるのか？」

「いや。だが、まあ、大丈夫だろう。聖司《せいじ》君の病院は教えてあることだしな」

野武彦は「行こう」と言って、歩きだす。卓也も慌てて父親の後を追いかけた。

*　　　　*

夜遅くなっても、透子を追いかけていった薫からの連絡はなかった。

（あいつ、どこまで行ったんだろう。それに透子さん……大丈夫なんだろうか）

卓也は京都の夜空を見あげ、ため息をついた。

六道《りくどう》病院の屋上である。もう時刻は、夜十一時を過ぎている。

卓也は父親と一緒に京都駅前のホテルにチェックインした後、自分だけ六道病院に戻ってきたのだ。

薫が帰ってくるとしたら、まずここではないかと思ったからだ。

克海の行方も知れなかった。

こちらは、安倍家の本宅か北辰門関連の施設にいるだろうと野武彦が言った。

せめて、克海と会うことができれば、もっと情報が手に入ったかもしれないのに。

(どうしようかなあ。もう帰ろうかな)

卓也は、人気《ひとけ》のない屋上を見まわした。

屋上は、卓也が通っていた高校のものと同じくらいの広さだ。

中央に給水タンクが立っている。

昼間は患者たちの洗濯物が干してあったり、日向ぼっこする患者たちの車椅子《くるまいす》が並んでいたりするが、今は夜風が吹きぬけていくばかりだ。

一美《かずみ》や三奈子《みなこ》も、もう宿に戻ってしまっている。

(でも、薫と合流しそこなうと嫌だし……)

父親の口ぶりでは、薫が勝手に透子を追いかけていってしまったことはお咎《とが》めなしのようだ。

だが、それも何日も戻らなければ、どうなるかわからない。

深追いして、安倍の本宅まで乗りこみ、捕らえられてしまっていたらと思うと不安になってくる。

普通の敵が相手ならば、ここまで心配はしないが、相手は同じ半陽鬼の青江である。侮《あなど》っていい相手ではないだろう。

やはり、薫を捜したほうがよさそうだ。

そう心を決めて、卓也は印を結び、意識を集中させた。式神を招喚しようとする。

だが、式神は現れない。

それどころか、妙に肩がずっしりと重くなってくる。

（おっかしいな……。やっぱ、陰《いん》の気のせいか……）

集中すればするほど、まわりに黒っぽい影のようなものが渦巻《うずま》きはじめる。まるで、卓也の霊気に呼ばれてくるようだ。

こんなことは初めてだ。

卓也は唇を噛みしめ、いっそう強く念じた。

（出てこい、チビ！）

ふいに、夜空から紫の狩衣《かりぎぬ》姿の童子がふわりと舞い降りてきた。

藤丸《ふじまる》だ。

俊太郎がこの場にいたら、驚きの声をあげていたに違いない。

実は、藤丸は去年の秋に、卓也が薫の助けを借りて生み出した式神なのだ。

どういうわけか、父親や姉たちの式神と違って、いまだにコントロールがきかず、卓也が意識しないあいだに勝手に実体化し、思わぬところで寝ていたりするのだが。

(よし、出てきた!)

ホッとして、卓也は藤丸に命じた。

「チビ、薫の様子を見てこい」

しかし、藤丸はいやいやするように頭を横にふった。

「なんだよ? なんで嫌がるんだ?」

その時、卓也は藤丸の足の先がぼんやりと霞《かす》んでいるのに気がついた。

(あれ?)

しだいに、藤丸の身体は透けていく。

卓也も息苦しさを感じて、大きく息を吸いこんだ。全身がだるくて、手足に力が入らない。無理に式神を招喚したせいで、自分では気づいていなかったが、かなり身体《からだ》に負担がかかったようだ。

(ダメなのか?)

卓也は眉をひそめ、じっと藤丸を見た。

藤丸は、悲しそうな顔をしている。

「わかったよ。無理はさせねえ。戻れ」

すっと手をむけると、藤丸の姿は一筋の光に変わり、卓也のなかに吸いこまれてきた。

(ホントに陰の気強いんだ……。やべえな。オレ)
渦《うず》を巻いていた陰の気はふわっと拡散し、視《み》えなくなった。
肩にのしかかっていたものも、ふっと消える。
けれども、嫌《いや》な感じの疲労が身体の芯《しん》に残った。
あきらかに、自分の霊力は弱まっている。
卓也は身震いし、京都の夜空を振り仰いだ。
呪術結界もそのなかに充満する陰の気も、目には視えない。
しかし、あちこちの神社の上に黒々とした気配が漂っているのがわかる。
北辰門系の神社だろうか。
(こんな陰の気のなかで、オレは……戦えるんだろうか)
不安がじわじわと這《は》いあがってくる。
卓也は風のなかに立って、京都の夜景を見つめつづけた。
この闇のどこかに、透子がいる。
そして妹を捜し、さまよう薫が。
自分は、あの半陽鬼の兄妹のために何ができるのだろう。
今は、待つことしかできないのか。
やがて、民家の窓の灯が消えはじめた。もうだいぶ遅い時間なのだろう。

そろそろ、あきらめてホテルに戻ろうかと思った時だった。

ふと、芳しい花の香りが卓也の鼻をくすぐった。藤の花だろうか。

だが、もう藤の花の季節は終わってしまっている。

(まさか……!)

あたりを見まわすと、いつの間にか給水タンクの上に妖美な影が立っているのが見えた。

京都の夜空を背にして、ひっそりとたたずむ姿は幻のように美しい。

「そこにいたのか、薫! いつ来たんだよ⁉」

薫が戻ってきたことにホッとして、卓也は給水タンクに駆けよっていった。

針金で補強された狭い梯子《はしご》をのぼり、途中で足を止めて薫の顔を見上げる。

迷惑がられていないのを確認して、また上りはじめる。

薫は、無表情のままだ。

「薫、透子さんは?」

側にいないということは、逃げられてしまったのだろうか。

「追いきれなかった」

ボソリと応える声がある。

顔には出さないが、薫は自己嫌悪に陥っているように見えた。

薫は薫なりに、失望し、疲れきっているのではないだろうか。

「そっか。元気出せよ……」

勢いをつけて、卓也は給水タンクの上に身体を引きあげようとした。

その時、何がどうなったのかわからないうちに左足が梯子の一番上の段を踏み外した。

バランスが崩れる。

一瞬、身体が宙に浮いた。

（やばい！）

とっさにのばした右手が、何か尖《とが》ったものにぶつかった。手首から肘《ひじ》にかけて鋭《するど》くひっかかれたような痛みが走る。

「うわああああああーっ！」

悲鳴をあげて、卓也の身体は梯子から転げ落ちていく。

「卓也！」

心配そうな声とともに、卓也の身体がぼーっと淡く光った。

（え？）

落下のスピードが遅くなる。

ふわりとコンクリートに下ろされて、卓也は目を見開いた。

右腕がズキズキと痛い。

見ると右手首から肘にかけて、斜めに傷が走っていた。長さは十五センチほど。傷は手首のあたりが一番深く、肘のあたりにいくに従って浅くなる。肘の近くはひっかき傷で、血が滲《にじ》んでいる程度だが、手首のあたりは刃物《はもの》で切ったように皮膚が裂《さ》け、血が流れだしている。

どうやら、梯子に巻いてあった針金でひっかけてしまったらしい。

視線に気づいて見上げると、給水タンクの上から、無表情にこちらをじっと見下ろしてくる薫の姿があった。

（おまえが……助けてくれたのか）

半陽鬼ならではの、強い霊力。

それがなければ、きっと卓也は大怪我《おおけが》をしていたろう。

「ありがとうな……」

不器用に左手でハンカチを探して、手首の傷に押しあてる。血を見て動揺してしまったのか、ハンカチを押さえる指が震えていた。

（バカだな、オレ……）

激しい戦いもくぐりぬけてきたはずなのに、こんなことくらいでショックを受ける自分が情けなかった。

その時、トンと軽い足音が聞こえた。

見ると、薫が給水タンクから降り立ったところだった。

薫は、あきれたような目をしていた。

梯子から落ちて針金で腕をひっかけるようなマヌケをどう思っているのか、その目を見れば、嫌でもわかる。

「悪かったなあ……！　トロくて！　言っておくけど、藤丸出して、霊力消耗してたせいだからな！」

右手の傷を押さえ、卓也は薫を睨《にら》みあげた。

出血はたいしたことがないのに、眩暈《めまい》がして気持ち悪くなってくる。

（情けねえ……）

卓也はうつむき、その場にしゃがみこんだ。

手首の血がハンカチの下から染《し》みだし、布の表面に広がっていくのが気持ち悪い。

その時、かすかな気配とともに薫が卓也の傍らに膝をついた。

白い指がそっと卓也の右腕の下に入る。

「か……薫？」

触れられたことにドキリとして、卓也は薫の綺麗《きれい》な顔をじっと見た。

薫は無言で、身を屈めた。

形のよい唇が、肘の近くの浅い傷に触れる。

羽毛で撫《な》でられたような、やわらかな感触。

びくっとして、卓也は身をすくめた。

しかし、予想したような痛みはなかった。

ただ、触れられた部分から暖かなものが流れこんでくる。

(怪我、治してくれてるのか)

だが、何もこんなやりかたで治さなくてもよさそうなものだ。

「いいよ、薫。やめろよ……。恥ずかしいから……」

抗《あらが》う卓也にはおかまいなく、薫は陽に焼けた肘をつかみ、傷に唇をよせてきた。

くすぐったさに、卓也は首をすくめた。暖かな霊力が心地よい。

けれども、手首に巻いたハンカチをはがされそうになった時、卓也は慌てて薫のスーツの肩を押さえた。

「けっこう血が出てるから、いいよ……。大丈夫だから」

血で汚れた部分に触れさせるわけにはいかない。

抵抗されて、薫はムッとしたようだった。

熱い舌が血の滲む傷口をペロリと舐《な》めた。

びくっとして、卓也は息を呑んだ。

薫が、血の味にふっと目を細めた。どことなく、妖艶《ようえん》な気配が立ち上る。

卓也の胸の鼓動が一気に速くなった。

「やめろよ！」

卓也は、右腕をひっこめようとした。

しかし、薫は卓也の手首を捕まえたまま、無表情にじっとこちらを見てくる。なぜ、卓也が嫌がるのかわからないようだ。

「おまえ、克海……さんとつきあってるんじゃないのか……⁉」

卓也の言葉に、薫は不機嫌そうに眉根をよせた。

「なんの話だ？」

「恋人なんだろ⁉　一緒に暮らしてたんだろ⁉　だったら……オレにこんなことするなよ！」

いくら薫のことを大切だと思っていても、薫をとり巻く「その他大勢」の一人にされるのは、ごめんだった。

そこまで、プライドを捨てることはできない。

薫は、苛立《いらだ》ったような目をした。卓也の手首に触れていた手が、すっと離れる。

卓也は痛みの消えた右腕を見下ろした。たったこれだけの時間で傷はほとんどふさがり、手首のあたりにはもう赤い傷痕しか残っていない。

「治してくれて、ありがとうな。でも……こんなこと、するな」

薫の視線を頰《ほお》に感じる。

責められているような気がして、卓也は目をあげた。

どうして、自分が責められなければならないのかわからない。

「なんで、そんな目するんだよ、薫？　北辰門に行きたいのか？」

その時、卓也は薫が「バカが」と押し殺したように呟く声を聞いた。

次の瞬間、腕をつかまれ、強引に引きよせられる。

「何……するんだ⁉」

強く押しつけられたスーツの胸から、ほのかに藤の花の香りがしたようだった。

一瞬、このまま奪い去られてしまってもいいという妖《あや》しい気持ちになる。

喰《く》われてもいいと思うほど、この美しい鬼を愛したのはそう昔の話ではない。

死によって永遠に隔てられ、泣き暮らした日々。

そして、奇跡のように戻ってきてくれた薫。

あの帰還から、時は一ヵ月ほどしかたっていない。

どうしようもなく胸の鼓動が速くなり、目の奥が熱くなってくる。

この春から初夏にかけて、好きだと言えないまま、距離のできていく薫を目で追いかけつづけてきた。

そして、克海の存在を知った。

一緒に暮らしていた恋人の存在を。
それなのに、どうして薫は自分を抱きしめるのだろう。
まるで、大切な宝物のように。
「おまえの……考えてることがわからねえ……」
声は、自分でも情けないくらい震えていた。
卓也の首筋に、暖かな唇が触れた。
たったそれだけなのに、肌が熱くなる。
「やめろ、薫！　こんなの卑怯《ひきょう》だ……！」
薫がそのつもりで触れてきたら、抵抗できるはずがない。
けれども、流されてしまえば、あとで虚しいだけだ。
首に腕がまわり、強引に顔をあげさせられる。
「やめろ！　薫……っ！」
(やだ！　こんなのは！)
懸命に頭をふり、逃れようとする卓也の唇に薫の唇があわさった。
呼吸を奪われ、息ができない。
(何……するんだよ、薫！)
卓也は目を見開き、まぢかにある白い顔を凝視した。

顎《あご》をつかまれ、貪《むさぼ》るように口づけられる。

「ん……ふっ……」

乱暴な真似をされているはずなのに、薫のキスは胸が痛くなるほど優しかった。

(バカ……野郎……!)

言葉で想いをうまく伝えられないことがもどかしいのか、薫は両腕で卓也を抱きこみ、口づけを繰り返す。

愛しくてたまらないと、言葉にはしなくてもその仕草が語る。

卓也は薫の肩にしがみつき、目を閉じた。

陶然として、薫の唇を味わっているうちに何もかもどうでもいいような気がしてくる。

「卓也……」

切なげな声が、卓也の名を呼ぶ。

まだ、愛されていると思っていいのだろうか。

卓也の胸に、ふっと疑問が浮かびあがってきた。

(でも……だったら、克海は?)

そう思ったとたん、胸が締めつけられるように痛くなった。

口づけが甘美なら甘美なだけ、つらくなる。

「やめろ……!」

どうして拒むと瞳で尋ねられ、卓也は切なくなった。

薫には、わかっていない。

どうして、わからないのだろう。

「克海さんのこと、説明してもらってねえぞ」

闇色の瞳を見据えて言うと、薫は面倒臭そうな表情になった。

「いちいち覚えていない」

「いちいち覚えてないって……どういうことだよ？」

卓也は、まじまじと薫の顔を見た。

まるで、複数の相手がいたような言い方ではないか。

そういえば、薫が男女年齢を問わずに遊び歩いていると聞いたのは、去年の春先のことだったか。

捨てる時は、手ひどく捨てるとも聞いたはずだ。

「まさか、おまえ、克海さんとちゃんとつきあってたんじゃなくて……遊びか!?」

薫は、否定しなかった。

ショックを受けて、卓也は薫の目を見つめた。

「おまえ……最低だ」

ボソリと呟いた卓也は、両手で顔を覆った。

薫の気持ちがわからない。

仕草や吐息の一つ一つから、この美貌《びぼう》の半陽鬼が何を考えているのか読みとれるはずなのに。大切なことだけはどうしてわからなくなるのだろう。

薫が黙って立ちあがる気配があった。

卓也は意地を張って、薫のほうを見なかった。

薫は何か言いたげな様子だったのだが。

気がついた時、屋上にはもう卓也一人しかいなかった。

吹きぬけていく風のなかに、ほのかに藤の花の匂いがしたようだった。

＊　　＊

同じ頃、下鴨《しもがも》神社の南に広がる原生林、糺《ただす》の森《もり》の一角で強い妖気が蠢《うごめ》いていた。

糺の森の南西にある小さな神社である。

そこには、表むきには知られていないが北辰門の本部がある。

宮司は安倍家の人間が務めている。

そんな神社の地下に、幾重にも結界が張りめぐらされた窓のない部屋があった。

部屋のなかには、大きな光の鳥籠《とりかご》のようなものがあり、そのなかに透子が目を閉じて座っていた。

その全身の青い光は消えていたが、首にはまだ桜の花の痣がついている。

「これが篠宮《しのみや》透子か」

冷ややかな男の声がする。

声の主は、痩《や》せた長身の男だ。歳は三十七、八。白い着物と紺の袴《はかま》に身を包んでいる。

頬骨の高い、男性的な顔は若い頃は美男子といってもよかったに違いない。

今はあまりにも眼光が鋭すぎて、病的なものを感じさせる。

この男が北辰門のトップで安倍晴明《あべのせいめい》の末裔《まつえい》、安倍秀明《ひであき》である。鼻や耳の形が、克海と少し似ている。

秀明の傍らに、青江が無表情に立っていた。

「呪縛《じゅばく》をゆるめよ」

秀明が低く言う。

「は……」

青江は透子をじっと見ながら、口のなかで印《いん》を唱えた。

桜の花の痣がすーっと薄れ、消えていく。

透子が目を開き、ハッとしたような表情になった。

見る見るうちに、白い顔に不安の色が浮かびあがってくる。

「ここは……!?」

「ここは、北辰門本部の地下牢《ろう》です。乱暴なやりかたでお連れして、失礼しました」

慇懃《いんぎん》な口調で、青江が言う。

透子は、キッと青江と秀明を見た。

「あなたたちがこんな真似をしたのですね。何が目的ですか?」

「京都のために、人柱《ひとばしら》になっていただきたいのです」

青江の声は、優しげだ。

「人柱……!?」

透子は、さっと青ざめた。

しかし、気丈に青江を見据える。

「なぜ、私が人柱に?」

「京の陰の気が強まっているのをご存じでしょう。あまりに陰の気が強くなったため、北辰門の術者たちは術が使えなくなっております。このままでは、京都は陰の気に押しつぶされ、闇に沈むでしょう」

青江は、ニコリと笑った。

「ですから、過剰な陰の気を京都の鬼門に集め、下鴨神社まで移動させ、封印するのです。封印には、集めた陰の気をすべて呑みこむ器が必要になります。そう。ちょうど、あなたのような強い霊力を持った器がね」

透子は目を見開き、ゆっくりと頭を左右にふった。

「嫌です……。私は、人柱にはなりたくありません」

「選択の余地はないのですよ」

哀れむような目で透子を見、青江は静かに言った。

＊　　＊

同じ夜、ホテルの野武彦の部屋の窓を叩く音がした。

もう時刻は、午前零時近いだろうか。

「誰だね?」

野武彦はじっと窓を見、つかつかと近づいていって開けた。

薫が無表情のまま、トンと部屋の床に降り立つ。

普段、薫は音をたてない。

音をたてるのは、卓也の前で気を抜いている時と誰かに「戻ってきた」と知らせたい時だけだ。

「帰ってきたのか。よかった。……で、どうだった?」

窓から入ってきたことには何も言わず、野武彦は尋ねた。

ここが四階なことも、追及はしない。

「紅の森にいる」

主語を略した言葉に、野武彦は首をかしげた。

「透子さんが紅の森にいるのかね？　紅の森のなかに、北辰門の本部があるはずだが。そこか」

薫は「そうだ」と言いたげな目をした。

野武彦は、無精髭《ぶしょうひげ》の生えた顎をさすった。

「薫君、俺は卓也じゃないから、口で言わないとわからんぞ」

「…………」

「あと、うちの息子はどうしたのかね？　一緒に戻ってきたんじゃないのか？」

薫は居心地の悪そうな顔になって、じっと野武彦を見た。

「ガードはしている」

どうやら、側にいなくてもなんらかの手段で卓也を護っているらしい。

野武彦は、ため息をついた。

「そういう意味じゃなくてだな……。一緒に行動しろと言ったはずだが」

「気をつける」

面倒臭そうにボソリと言って、薫は部屋のなかを見まわした。

ホテルの備えつけのライティングデスクにはノートパソコンが置かれ、その側にはピンクの装丁の可愛らしい文庫本が何冊か積んである。

野武彦は、夢野らぶ子としての原稿を書いていたようだ。

それを見て、薫はめずらしく露骨に嫌そうな顔になった。

筒井《つつい》家でも一家の主婦である優美子《ゆみこ》に頼まれ、仕事中の野武彦にお茶を持っていったり、軽食を運んだりしているので、これは薫にとっても初めて見る光景ではない。

だが、その武勇が鬼道界にまで鳴り響く〈鬼使い〉の統領が少女小説を書いているという状況に、いまだに慣れることができないらしい。

その時、ドアをノックする音がした。

野武彦が薫を見る。

「卓也だな。開けてやれ」

「…………」

無表情に戻って、薫はドアを開けに行った。

部屋に入ってきた卓也と薫は、しばらく無言で睨みあった。

野武彦は「喧嘩《けんか》中か」と言いたげな目になり、ため息をついた。

「おまえたち、喧嘩している場合じゃないのはわかっているな？　部屋は一緒にしてやったから、二人でじっくり話しあえ」

＊　＊

（んで、なんでダブルベッドなんだよ？）

青と白のギンガムチェックのパジャマ姿の卓也は落ち着かない気分で、寝返りをうった。

時刻は、そろそろ午前二時。

京都で何かの国際会議が開かれるらしく、ホテルはどこもツインルームが満室になっていたのだという。

野武彦は、卓也と薫の関係には気づいていないようだ。

いや、うすうす勘づいているにしても、まさか本当に肌をあわせたことがあるとは思っていないらしい。

聖司がいたら、ダブルベッドには猛反対していたところだろうが。

疲れているのに、隣に薫が寝ていると思うと目が冴《さ》えてくる。

「薫……もう寝たのか？」

小さな声で尋ねると、闇のなかで薫が目を開く気配があった。

（うわー。起きてる。起きてるよ。しかも、こっち見てる）

　何を言っていいのかわからなくて、卓也はゴクリと唾《つば》を呑みこんだ。

「透子さんのこと……心配だと思うけど、オレも協力するからな。だから……あんまり神経ピリピリさせんなよ……」

　掛け布団の下で、薫が身じろぎする気配があった。

　卓也の手に、薫の手がそっと触れる。

　触れあった部分から、薫の体温が伝わってくる。

（薫……）

　ドキッとして、卓也は身を強ばらせた。

　病院の屋上での薫の行動を思い出す。

（やべえ。オレ……ここでやられちまうのか。でも、逃げても行く場所ねえし、親父の部屋に転がりこんだら、理由を訊《き》かれるし……やばい）

　いつ、薫がのしかかってきても不思議ではないと思った。

　しかし、薫はそれ以上、不埒《ふらち》な真似をする気はないようだった。

　卓也の手を握って、安心したように目を閉じる。

（薫？　寝たのか？）

　せっかく眠る体勢になっている薫を起こしてしまうのが怖くて、卓也はじっとしていた。

そういえば、薫が自分の隣で眠るのは去年の冬以来だろうか。

同じベッドで寝たのは、肌をあわせたあの夜が最後だ。

（よく戻ってきてくれたな……）

卓也も枕に頬を押しあて、薫の手を握ったまま、しばらく、その寝顔を見つめていた。

触れあった手のひらが暖かい。

薫が安心して眠ってくれるのならば、まだこの半陽鬼の側に自分の居場所はあるのかもしれない。

今は、それだけでいいような気がした。

＊　　＊

翌朝、卓也はいつもより早い時間に目を覚ました。

ぼんやりとしているので、まだ頭が働かない。

部屋のなかはカーテンの隙間《すきま》から差し込んでくる暁の光で、ほの明るかった。

（なんか寒い……空調利きすぎ……）

腕を出して寝ていたのか、身体が冷えきっている。

側にある温かな胸に頬を押しつけると、肩に腕がまわった。

温もりと鼓動が伝わってくる。

(あったかい……)

満足して、卓也はまたとろとろと眠りに落ちた。

本格的に目が覚めたのは陽が昇り、室内が明るくなってからである。

「ん……?」

全身が、藤の花の香りに包まれているような気がする。

顔をあげると、まぢかに白く美しい顔があった。

目を閉じ、眠っているように見える。

思わぬことにドキリとして、卓也は薫の寝顔を見つめた。

(綺麗だ……。どうしよう)

互いのあいだに距離ができて、薫の自分に対する気持ちに自信が持てなくなっていたが、こんなふうにしていると時が戻っていくような気がする。

どれほど、卓也はこの美しい鬼を愛したろう。

(オレのだ……。今だけは)

どこからどこまでが愛情で、どこからどこまでが独占欲かわからない。

ただ、どうしようもなく薫を抱きしめたくて、卓也は少しためらった後、すぐ側にある背中に腕をまわした。

薫の首筋に顔を埋め、目を閉じる。

(愛してる)

起こしてしまうかと思ったが、薫は目を覚まさない。

薫を抱きしめたまま、卓也は少し速くなる自分の胸の鼓動を聞いていた。

幸せだと思った。

たとえ、恋人同士として触れあうことがなくても。

愛しさに突き動かされて、卓也は薫の髪をそっと撫《な》でた。

相変わらず絹糸のような手触りで、綺麗な光沢がある。

こんなふうに触れても目を覚まさないということは、やはり薫は自分に気を許しているのだろう。

その信頼がうれしかった。

自分の隣が薫にとって安心できる場所だというのは、たまらなく幸せなことだった。

このまま、ずっとこうしていられたらいいのに。

「薫……大好きだ」

面とむかっては言えないから、眠っている隙に小さな声でささやいてみる。

「愛してる」

薫が起きる気配はない。

卓也は、薫の白いパジャマの肩に頬を押しあてた。

（薫……）

もうすぐ朝食の時間がくる。

ベッドから出て、父親と打ち合わせをして、透子を捜しに行かなければいけない。強い陰の気のむこうに、北辰門と青江が待ちかまえているだろう。

厳しい状況なのは、わかっていた。

それなのに、ベッドから出るのが嫌で、いつまでも薫にくっついている。

卓也は、まぢかにある薫の唇をじっと見つめた。

次にこんな時間が持てるのかどうかさえ、わからない。今日、戦いのなかで死に別れてもおかしくはない二人なのだ。

（これが最後なら、もう、いっそキスしちまおうかな。それで、薫が起きちまっても……いいや）

心を決めて、ゆっくりと顔を仰向ける。

互いの唇が触れあうまで、あと一秒か二秒というところだった。

ふいに、薫が目を開いた。

（げっ……）

どうしていいのかわからなくて、卓也は固まる。

薫は、まだ少し眠そうな顔をしていた。夢のつづきでもみているような表情で、卓也の首筋に手をまわしてくる。

卓也の心臓がドキドキしはじめる。

（薫……）

このまま、キスされて、何もかも奪われてしまいたい。

恋人同士として触れあえなくても愛していると思ったばかりなのに、やはり、薫が欲しくなってくる。

好きだから、愛しあいたかった。

薫の綺麗な漆黒の瞳を見つめていると、もうどうなってもいいという気さえしてくる。

卓也は、ゆっくりと目を閉じた。唇に吐息がかかる。

だが、薫がふっと身を引く気配に、卓也は薄目を開けた。

薫は警戒するような視線を窓のほうにむけ、するりとベッドからぬけだしていく。

一瞬、卓也は自分が何か薫の気に障《さわ》ることでもしたのかと思った。

しかし、何も心当たりはない。

「薫……？」

少し心配になって、ベッドに起きあがった時だった。

薫が洗面所に消えるのが見えた。

（ああ……なんだ……洗面所かよ）

卓也は憮然《ぶぜん》として、洗面所のドアを見つめた。

（なんで、あそこでやめるかな）

そう思った時、窓のむこうから白く輝く鳥が飛んでくるのに気づいた。

（え……!?）

鳥は窓ガラスを通りぬけ、ダブルベッドの側に落ちた。

とっさに、卓也はベッドから飛び出し、身構える。

薫はどうやら、卓也より数秒早く、この気配を察知したらしい。

鳥はそのまま床に吸いこまれ、消えたように見えた。

次の瞬間、鳥の吸いこまれた床が淡く光りはじめた。

淡い光のなかから、ほっそりした少年の姿が浮かびあがってくる。

克海だった。

ひどく疲れた顔をしている。栗色《くりいろ》の髪は乱れ、頬や腕に赤い切り傷がついていた。

身につけているチェックの綿シャツと白いTシャツ、薄茶色のカーゴパンツはところどころ破れ、血が滲んでいる。

克海の姿は半透明で、実体ではないのがわかる。

少年の背景に、見事なしだれ桜の大木が見えた。

ソメイヨシノより濃いピンクの花が、滝のように雪崩落《なだれお》ちている。

そのしだれ桜には、なぜだか見覚えがあった。だが、どこで見たものかわからない。

（なんで、桜……？　今、六月だろ？）

卓也は、目を瞬《しばた》いた。

その傍らに、薫がすっと立つ。

洗面所で着替えたのか、もういつもの紫のスーツ姿になっている。左手の中指には、ルビーの指輪が煌《きら》めいていた。

――薫……妹さんが危ない。ぼくは、父のやりかたには賛成できない。手助けする……。

苦しげな思念が、卓也の胸にも伝わってきた。

この濃い陰の気のなかで、これほど、はっきりとしたメッセージを送ってこられる克海の霊力の強さは本物だった。伊達に安倍晴明の末裔ではない。

（透子さんが……!?）

卓也の心臓が、どくんと鳴った。

一瞬とはいえ、薫への想いに流され、透子のことを忘れた自分が許せなかった。

薫は、無表情に克海をじっと見た。

「ただではすまんぞ」

――わかっている。でも……ぼくはもう家を裏切ったから。頼む……薫……来てくれ。待っているから。ぼくたちの出会ったあの場所……君ならわかるはず……。

克海の姿が大きく揺らいだ。

さすがの克海も、そろそろ霊力の限界のようだ。

なぜ、そこまでして術を使うのだろう。

薫のためなのか。

「おい！　しっかりしろ！」

思わず、卓也は声をかけた。

克海は卓也のほうを見、何か言おうとした。

しかし、そのまま、半透明の克海の姿は消滅した。

ひらり……と一枚の呪符が床に落ち、見る見るうちに黒い煙をあげ、燃え崩れていく。

その時、ドアをノックする音がした。

「卓也、薫君。どうした？」

野武彦の声だった。

第四章　糺《ただす》の森《もり》の迷宮

卓也《たくや》がドアを開くと、野武彦《のぶひこ》がホテルの部屋に入ってくる。

野武彦はミリタリーパンツに白いTシャツという、いつもの格好だ。少し心配そうな顔をしている。

「何があった、卓也？　今、妙な気配がしたようだが」

穏やかな声で、野武彦が尋ねてくる。

卓也は、父親を振り返った。

「今、克海《かつみ》さんから式神《しきがみ》が来て、透子さんが危ないから、薫に来てくれって……」

早口に事情を話すと、野武彦は眉根《まゆね》をよせた。

「罠《わな》じゃないのか」

薫は無表情のまま、応えない。

「やっぱ、罠なのかな……。北辰門《ほくしんもん》を裏切ったって言ってたけど。怪我《けが》したみたいにボロボロになってたし」

「安倍家《あべけ》の御曹司《おんぞうし》に、本気で怪我をさせる退魔師はいないと思うがな」

野武彦は、ため息をついた。

薫はそれには応えず、音もなく廊下のほうに歩きだす。

野武彦は薫を見、肩をすくめた。

「卓也を連れていきなさい」

「足手まといだ」

振り向きもせず、ボソリと薫が言う。

ショックを受けて、卓也は薫のスーツの背中を見つめた。

そんなことを言われるとは思わなかった。

「克海君に会いに行く気か。卓也を連れていくと危険だと思ったのだな」

静かな声で、野武彦が言う。

野武彦は、薫の表面上の言葉に惑わされはしなかったようだ。

薫の言葉の真意は、卓也を危険にさらしたくないということなのだ。むろん、それは卓也にはわからない。

野武彦だけが、ほぼ正確に薫の言葉の裏を読みとった。

薫は肩越しに野武彦を見、かすかに笑った。

「罰するなら、好きにしろ」

「そこまで非道じゃないがね、俺は」

憮然《ぶぜん》とした表情になって、野武彦が答える。

卓也は、はらはらしながら父親と薫の会話を聞いていた。薫の反抗的な態度をいさめたいのだが、「足手まといだ」と言われてしまった身では、何も言えない。

薫はそれ以上、野武彦には何も言わず、ひらりと窓から外に出ていった。野武彦ごときに気持ちを読みとられたのが、面白くなかったのかもしれない。

「薫！」

ここは四階のはずだが、薫はまったく気にも留めていないようだ。

窓際に駆けよった卓也は、紫のスーツがホテルから遠ざかっていくのを見た。

一刻も早く、透子を助けだしに行きたいのだろう。

（オレだって、透子さんのこと心配なのに……）

野武彦が、そんな卓也にむかって低く言う。

「早く顔を洗って、準備をしなさい。透子さんが危ないなら、のうのうとしてはおられん。我々も、透子さんのところにむかおう。昨夜、薫君が糺の森の北辰門の本部にいると言っていた」

「わかりました。準備します！」

慌てて、卓也は着替えをつかみ、洗面所に飛びこんだ。

＊　　　＊

ホテルを飛び出してから、一時間半ほど後。

薫は、洛北《らくほく》の小さな公園に来ていた。

少し離れたところには、修学院離宮《しゅうがくいんりきゅう》や詩仙堂《しせんどう》がある。

公園は小高い丘になっていて、地元では桜の穴場としても知られていた。

曲がりくねった道を登っていくと、やがて、ひときわ大きなしだれ桜の古木が見えてくる。

初夏のことで、桜はもう葉桜になっている。

そのしだれ桜の下に、克海が立っていた。傷つき、青ざめ、不安げな顔をしている。

身につけているのは、薄茶色のカーゴパンツに白いTシャツ、ピンクと黒と白のチェックの綿シャツだ。

綿シャツはあちこち破れ、カーゴパンツには草の染みや泥がついていた。

「薫」

克海が薫を見、ホッとしたような目をする。

「来てくれたんだね。よかった」

「透子は?」

事務的な口調で、薫はボソリと尋ねる。

克海は少し寂しげな顔をした。本当なら、つらい脱出の後なのだから、ひとことでいいから、いたわってほしかったのだろう。

しかし、克海はそんな気持ちは呑《の》みこんで答える。

「まだ生きている。そろそろ下鴨《しもがも》神社に移されている頃や」

下鴨神社は、京都御所の北東——鬼門を護るために作られた神社だ。すぐ隣に糺の森と北辰門本部がある。

薫は物言いたげにじっと克海を見たが、無言のまま、先に立って歩きだした。

二人は、しばらく公園のなかを歩きつづけた。

「あんなあ、薫。こんな時に訊くことじゃないのはわかってるんやけど……。これが最後のチャンスかもしれないし……。いいかな」

ためらいがちに、克海が口を開いた。

薫の応えはない。

「卓也君のことやけど」

その名を耳にして、薫がチラリと克海を振り返った。

他の名前なら、きっと振り向きもしないくせに。

克海は、つらそうな目になった。

「卓也君は、君の大事な人なのかな?」

薫は、克海からついと視線を外した。答える必要はないと思っているのか。それとも、こんな時にそんな質問をぶつけてきた克海にあきれているのか。

その表情からは、薫の気持ちはわからない。

克海は、しかし、薫がはっきりと否定しなかったことで、確信を持ったようだった。

「答えないってことは、そういう意味なんやね。きっと、そうやろなって思ってた。卓也君は、薫の気持ちには気づいてるのかな?」

薫は肩をすくめたきり、答えない。

その腕を、克海がつかんだ。

「答えてくれよ、薫。……ぼく、うるさくして、鬱陶《うっとう》しいかな。せやけど、こんな気持ちのまま、家を裏切るのは嫌や」

薫は憮然とした顔になって、克海を見下ろした。

「おまえには、関係ない」

その言葉は、克海の胸をえぐったようだった。

「薫……！　そんなに卓也君が大事なんか⁉　桜の下に倒れている君を助けて、看病したのはぼくなのに！　いつもいつも、最後はあの子のところに帰っていくんやな⁉」

薫の雪白の指が、そっと克海の唇をふさぐ。
黙れというように目で命じられて、克海は一瞬、目を見開いた。
薫は克海に背を向けて、公園の道を下っていく。
まるで、「そんな用件だったら、呼び出すな」と言わんばかりの後ろ姿だ。
克海は顔をくしゃっと歪《ゆが》め、目をこすった。
「ごめん、薫。大変な時なのに、こんなこと……。ぼくは阿呆《あほ》や」
薫は、足を止めない。
克海は唇を噛《か》みしめ、薫にむかって走った。
駆けより、腕をつかんで、強引に唇を奪おうとする。
薫は無表情になって、克海のキスを避けた。
克海はショックを受けたような顔になり、薫の胸を拳《こぶし》で打った。二度、三度と。
その手首を、薫がつかんで押さえる。
克海は、激しく首を横にふった。
「薫のあほう！　ぼくの気持ちも知らんで……！」
言いかけた時だった。
二人の背後から、かすかな靴音がした。
そして、息を呑《の》むような気配が。

克海が素早く後ろを振り返り、見る見るうちに青ざめる。

薫も無表情のまま、そちらに視線をむけた。

そこには、白い綿シャツにジーンズ姿の卓也が呆然《ぼうぜん》とした顔で立っていた。

「薫……。克海さん……」

＊　　＊

（なんなんだよ、おまえらは）

卓也はまじまじと薫を見、克海を見た。

透子を助けるために合流したと思ったのだが、これはいったいどういうことだろう。

もしかすると、自分はお邪魔だったのだろうか。

「ごめん……。あの……オレ、糺の森に行ったんだけど、入れなくて……。それで、親父ともはぐれちまって……。気がついたら、ここに来てたんだけど」

なんとなく、薫がこちらの方角にいるような気がしたというのは黙っていた。

まさか、こんなことになっているとは思わなかったのだ。

（透子さんが大変な時に）

そんな卓也の気持ちがわかったのか、克海はしばらく黙りこんでいた。

「糺の森には、ぼくが案内しよう。ぼくにならら、正しい道がわかるから」

やがて、複雑な想いを呑みこんだのか、克海が静かな声で言った。

「いいんですか、克海さん？」

「克海でかまへん。同じ歳《とし》やろ。あと、普通にしゃべってくれへんかな」

克海は、肩をすくめた。

「じゃあ、オレも卓也でいいよ」

「わかった、卓也」

二人は、ぎこちなく笑いあった。

(薫と痴話喧嘩《げんか》してた？　なんか、気まずいんだけど)

薫は、黙って卓也の横顔をながめている。

(ん？　オレを見てる？)

視線に気づいて、卓也は薫のほうを見た。

しかし、その時にはもう薫の視線はそれていってしまっている。

「でも、オレたちを案内してもいいの？　克海、おまえ……親御《おやご》さんに逆らうことになるんじゃないのか？」

安倍家の御曹司としては、まずいのではないだろうか。

克海は、切なげな目をした。

「もう今さら戻れへん」

「克海……」

「父とはもともと不仲やし、出てくる前にもひどいことを言われた。ぼくは勘当されたも同然や」

それだけ言って、克海はうつむいた。

薫のために、すべてを捨てたということなのか。

そんな克海を薫はどうするつもりなのだろう。

心配になって、チラリと見ると、薫は肩をすくめたようだった。

「俺が頼んだわけじゃない」

突き放したような言葉に、卓也は息を呑んだ。

「薫！　なんだよ、その言い方！　克海がかわいそうだろ！」

「いいんだ、卓也。かまへん。たしかに、ぼくは頼まれたわけでもなく、勝手にやっているだけだから」

口にはしていないが、本当は「薫のために」という言葉がついてくるはずだ。

克海は、ぎりぎりのところで自制していた。

それを見ていると、卓也はたまらない気分になる。

（薫のバカ……！）

卓也に責められた薫は、憮然とした表情になって歩きだした。

何か言いたいことはあるのだが、言葉が足りない性格なので、うまく言えないでいるらしい。

「待てよ、薫！」

迷わず、卓也はその背中を追いかける。

少し遅れて、克海がついていく。克海は、ひどくつらそうな目をしていた。

＊　　＊

公園を出て、白川通《しらかわどおり》のほうにむかっていた時だった。

行く手に、小さな神社が見えてきた。

先を歩く薫が、ふっと警戒するような様子になって足を止める。まるで、聞き慣れない物音を聞きつけた野生の獣のような動作だ。

「ん？　どうしたんだ、薫？」

卓也も足を止め、首をかしげた。

克海が小さく息を呑む気配がする。

次の瞬間、神社の境内で風が鳴り、黒っぽい影が動くのが見えた。

（なんだ⁉　敵か⁉）

境内の左のほうから、ミリタリーパンツに白いTシャツという格好の男が現れた。

黒っぽい影と、激しく戦っている。

（親父⁉）

卓也は、とっさに駆けだした。薫と克海もついてくる。

野武彦が戦っている相手は、二人いた。

片方は青い中国服の青年——石榴《ざくろ》だ。長い黒髪に覚えがあった。

（あ……！　あの長い髪の男、青江さんの運転手じゃん！）

卓也は、目を瞠《みは》った。

だとすると、敵は北辰門か。

石榴の側《そば》にいるのは、卓也の知らない山伏装束《やまぶししょうぞく》の老人だ。こちらは白髪を短く刈りあげている。痩《や》せ気味で小柄だが、眼光は鋭い。手には、金色の錫杖《しゃくじょう》を持っていた。

「お父さん！」

卓也が叫ぶと、野武彦がこちらを見た。

「卓也か！　気をつけろ！　鬼だ！」

（え……⁉　鬼⁉）

卓也はギョッとして老人と石榴を見た。

周囲に漂う陰の気のせいか、鬼の妖気ははっきりとはわからなかった。

（まさか、あの運転手も鬼なのか？）

隣で、克海もびっくりしたような顔をしている。こちらは、思わぬ場所に卓也の父親がいたことに驚いているようだ。

野武彦が何か言いかける。

その一瞬の隙《すき》をつき、石榴が野武彦にむかって、鋭く〈気〉を放った。

バシュッ！

「はっ！」

野武彦も両手を顔の前で交差させ、〈気〉を弾く。

だが、勢いあまって、後ろに数メートル飛ばされた。

「本当に鬼なのか……⁉」

卓也は呆然として、この光景をながめていた。

父親の言うことが間違っているはずはないが、まだ信じられなかった。

鬼はそうそう、たやすく人間界に出入りできるわけではない。

もともとは、日本全国に散らばる鬼孔《きこう》という小さな穴を通じて、鬼道界から人間界にやってきていたのだ。

しかし、その鬼孔は去年の戦いで、ほとんどが破壊された。

今では、鬼たちが人間界に来ることは鬼道界の新たな支配者、黒鉄《くろがね》公子によって厳しく制限されている。

現在、鬼と人のあいだには消極的ではあるが、平和な状態が訪れていた。

人間界に残った鬼たちが、人間の退魔師たちに攻撃をしかけてくること自体、普通ではない。

「鬼や。間違いない。この陰の気のなかで、すごい妖力や……。どう見ても、パワーアップしてる。人間の術者だったら、もっと力が弱まってもいいはずなのに」

克海が、青い顔になって呟く。

「マジかよ……」

京都に充満する陰の気は、鬼の血をひくものたちの力を増幅させている。だとしたら〈鬼使い〉の統領であっても、人間でしかない父親にとってはこれはひどく不利な状況ではないか。

そこまで思いいたって、卓也は身震いした。

父親だけでは、あの鬼たちにはかなわないかもしれない。

とっさに、卓也は懐剣をとりだした。

自分の術が、この状況のなかでどれだけ通用するのかわからないが、できることはなんでもするしかない。

けれども、卓也が攻撃をしかけるより先に、克海が厳しい表情で呪符を放った。

「急々如律令《きゅうきゅうにょりつりょう》！」

白い光を放ちながら、呪符は老人にむかって飛んでいく。

老人は一挙動で呪符を叩《たた》き落《お》とし、キッと克海を見た。

「克海さまはお下がりなされ。この人間は、我らが始末いたします」

老人が低く言う。

懐剣を握りしめたまま、卓也は克海の顔を見た。

克海の名を知っているということは、あの鬼たちはやはり北辰門の関係者ではないのだろうか。

まさか、克海は裏切ったのだろうか。

案内するふりをして、自分たちを青江に引き渡そうとしているのではないか。

疑いの念が胸に浮かぶ。

薫は驚いた様子はない。

こういうこともあるかと覚悟していたようだ。

（克海……）

「おまえのことなんか知らへん！　なんだ、『克海さま』というのは⁉」

克海は真顔で老人を睨《にら》みつけた。

どうやら、本当にあの鬼たちのことは知らないらしい。

薫が、つまらなそうに肩をすくめた。

たとえ克海が裏切っていようがいまいが、どちらでもかまわないようだ。

それほど、関心が薄いのだ。

(かわいそうじゃねえ？　薫……もうちょっと気にかけてやれよ)

恋敵ではあったが、克海が気の毒になって、卓也はそんなことを思ってしまう。

もちろん、薫が克海に気をつかえば、卓也は嫉妬《しっと》で神経をすり減らすことになるのだが。

(オレって……やな奴だ)

心のなかでため息をつき、卓也は頭をふった。今はそんなことを考えている場合ではない。

無表情のまま、薫が身構える。

次の瞬間、薫と老人が戦いはじめた。

(早っ)

めまぐるしく動くため、卓也の目では追いきれない。

時おり、舞うように薫の雪白の手がふわりと動く。

錫杖がシャランと鳴る音がする。

ふいに、老人の動きが止まった。
「ぐ……っ……」
苦痛に顔を歪めた老人にむかって、薫が右手を一閃《いっせん》させる。
ザシュッ!
山伏装束の胸に銀色の光の線が走った。
老人は仰向けに倒れこみ、パッと砕けて消え失せる。
(消えた……!?)
ほぼ同時に、野武彦の目がすっと細められた。
「そこか!」
ビシュッ!
石榴の肩に、銀色の光が走る。
鬼は悲鳴を噛み殺し、一歩後ずさって、印を結んだ。
ごうっと風が巻き起こる。
「うわっ!」
卓也は目を細め、顔の前に腕をあげた。
風がやんだ時、鬼の姿はなかった。
克海が青い顔で、石榴のいた場所を見つめている。

「何かおかしいわ。この時期に、あんな鬼が京都をうろついている……。京都の陰の気をなんとかすることだけが目的やと思っていたのに、何かもう一つ、別の計画が動いているんちゃうやろか」

「別の計画って？」

使わなかった懐剣を鞘におさめながら、卓也は尋ねる。

克海は、首を横に振った。

「わからない……。でも、このままにしておくわけにはいかへん」

そんな少年たちのほうに、野武彦が近づいてくる。

＊　　＊

「我々は、透子さんのいる下鴨神社にむかう。君はどうするね、克海君？　糺の森までは案内してくれるそうだが」

野武彦が、克海をじっと見て尋ねる。卓也が、簡単に野武彦と克海を引き合わせ、事情を話した後だ。

透子が下鴨神社にいるらしいということは、薫が野武彦に伝えた。

克海は固い表情で答える。

「ぼくも神社まで行きます。父を止めねばなりません」

「今回の計画は、君のお父上が先頭に立って進めている。それを止めるということは、親御さんに逆らうということだ。成功しても、失敗しても、君とお父上とは今までどおりの関係ではいられない。それでもいいのかね？」

野武彦は卓也の父親というより、〈鬼使い〉の統領として尋ねていた。

克海もまた、安倍家の御曹司として静かに答える。

「やるしかありません。父が少しずつ変質して、暗い方向に近づいていくのを知りながら、本気で止めようとせず、逃げたぼくが悪いんです。薫と会ってから、桜の精にさらわれて消えてしまいと夢みたいなことばかり考えて……。ぼくが現実をしっかり見て、跡継ぎとして父の側にいたら、もしかしたら、こんなことにはならなかったかもしれません。父を止めるのは、ぼくの役目でしょう」

「そうか……。君にそこまでの覚悟があるのならば」

野武彦は、克海の肩に軽く手を置いた。

克海は小さくうなずき、透きとおるような微笑を浮かべてみせた。

大人びた表情に、卓也は胸を突かれた気がした。

自分の前では、決して見せてくれなかった顔だ。

安倍晴明の血をひく若き陰陽師の、決意を秘めた白い顔。

「行きましょう。下鴨神社まで」

やわらかな声で言って、克海は歩きだした。

「ありがとう。克海君には、卓也と薫君が世話になっているようだね。すまないね」

一緒に歩きながら野武彦は、穏やかに言った。

「薫の保護者役なんだ。今のところ……」

卓也は、つけ加える。

克海はまじまじと野武彦を見、かすかに笑った。

「そうですか。ぼくは、本当に何も知らないんですね」

切なげな口調だった。

なんと言っていいのかわからなくて、卓也は克海から視線をそらした。

＊　　＊

野武彦のレンタカーで糺の森へ移動しながら、克海は北辰門の計画をくわしく話してくれた。

「北辰門は大浄《おおきよめ》の儀《ぎ》と呼ばれる儀式を行い、京都の陰の気を下鴨神社に集めて、透子さんのなかに流しこみ、人柱として封印しようとしているんや」

（ひでぇ話だ）

助手席に座る卓也は、唇を噛みしめた。

ステアリングを握るのは野武彦。後部座席には、薫と克海が座っていた。

薫は何も言わないが、押し殺した怒りが伝わってくる。

野武彦もまた、固い表情で前を見つめている。

（人間のやることじゃねえ）

本当は、大声で北辰門と会長の安倍秀明を罵《ののし》りたい。

しかし、安倍秀明を責めれば、今でさえ充分に父親のことで苦しんでいる克海をも鞭打《むちう》つことになる。

だから、卓也は耐えていた。

「その大浄の儀って、いつから始めるんだ？」

卓也は、後ろを振り返って尋ねる。

克海は、緊張で強ばった顔をしていた。

家を裏切るというのは、やはりつらいことなのだろう。

「夕方から夜……かな。北辰門の術は、伝統的に夜に行われることが多いんだ。陰の気はまず京都御所に集められて、そこから牛車《ぎっしゃ》に先導され、二時間くらいかけて糺の森をぬけ、御所の鬼門にあたる下鴨神社に到着する。下鴨神社についてから、本格的な儀式が始まる。それから逆算すると、午後四時とか五時スタートで九時、十時くらいまでかかると思う。……もうちょっと遅くまでかかるかもしれへん」

「午後四時とか五時か……」

卓也は、チラリと腕時計を見た。

時刻は、まだ一時になっていない。夕方までには、だいぶ間があった。

「これなら、間に合いそうだな」

ホッとして言うと、克海が首を横にふった。

「迷宮があるよ。ぬけるまでに二、三時間はかかると思ったほうがいい」

「二、三時間……？」

卓也は、不安になってきた。

大浄の儀が始まるまでに余裕で到着できると思っていたのに、実はぎりぎりしか時間がないらしい。

「なんとか、間に合わせるしかあるまい」

野武彦が言う。

薫は無表情のまま、窓の外をながめている。

焦《あせ》る気持ちは顔には出さないが、きっと透子のことを心配しているのだろう。

（なんとかして、早く透子さんを助けなきゃ……）

だが、それには大きな障害があった。

(どうしよう……)

卓也は、ため息をついた。

口にしようか、するまいかと迷った末、やはり我慢できなくて言ってしまう。

「むこうについたら、青江《あおえ》さんがいるんだよな」

薫や透子と同じ半陽鬼とは、戦いたくなかった。

そんなことを思っているかぎり、青江に勝つことができないのはわかっていたが。

「青江は強いよ。最初から殺す覚悟でむかっていかないと、やられる」

卓也の迷いを見透かしたように、克海が言う。

「それはわかるけど……」

助手席の卓也をチラリと見て、野武彦が言った。

「手加減はするなよ。こちらに来てから青江のことを調べてみたが、たしかに無敵に近い退魔師だ。しかも、陰の気のなかでパワーアップしている」

「そんなこと言われても……。こっちはパワーダウンしてるんだろ? 弱点とかねえのか?」

「弱点か……。弱点と言えるかどうかはわからんが、青江は北辰門に逆らわないように術で縛られているそうだな」

「え？　術で縛られてる？」

卓也は、父親の横顔を見た。

野武彦は、淡々と言う。

「そうだ。たぶん、絶命方《ぜつめいがた》の土を使った術だ」

「ぜつめいがたって……？」

「陰陽道でいう、呪詛《じゅそ》する相手の命を奪う方角だな。その土をとって小さな土人形を作り、呪詛する相手に息を吹きこませたものを絶命子《ぜつめいし》という。これに赤い糸を巻きつける。通常は、首と四肢にな。土人形は青江の形代《かたしろ》……つまり身代わりだ。青江が裏切ったとわかれば、安倍家の当主は絶命子にかけた呪詛を発動させる。そうすれば、赤い糸が締まり、遠く離れたところにいる青江の首と四肢も締めつけられて落ちるというわけだ」

「マジかよ……！　そんな術がかかってんのか」

青江は、怖くないのだろうか。

自分だったら、そんな術がかかっていると思ったら、怖くて動けなくなってしまうかもしれない。

あるいは、安倍の当主を恨み、なんとかして殺してやろうとするかもしれない。

どうして、青江は平然とした顔で任務をこなしているのだろう。

「なあ……お父さん、その赤い糸って、自分で切ったりできねえのか？」

「隠されている絶命子を発見することができれば、術そのものは無効になるはずだ。だが、青江に見つかるような場所には隠していないだろうな」

「そうなんだ……」

卓也は、身震いした。

そんな話を聞かされて、ますます戦いにくくなってしまった。

(どうするんだよ)

「助けたいなどと思うなよ、卓也。勝てるかどうか、ぎりぎりという状態で相手を助ける余裕など、おまえにはないはずだ。よけいな仏心をだせば、先におまえが殺されるぞ」

静かな声で、野武彦が言った。

卓也はうつむき、小さくうなずいた。

「はい……」

後部座席から、克海が静かに言う声がした。

「ぼくは手加減はせぇへんよ。やると決めた以上、たとえ北辰門の仲間でも倒す」

薫のために……ということだろうか。

なんと言っていいのかわからなくて、卓也は目を伏せた。

「克海君は、よい覚悟だな。なるべくなら、仲間と戦わずにすむようにしてあげたいとは思っているが」

野武彦がポツリと言った。

下鴨神社にむかって走る車のなかには、それきり沈黙が降りた。

＊　＊

同じ頃、下鴨神社のすぐ隣——糺の森の奥で妖気《ようき》が動いた。

糺の森は、原初の姿を残した自然林だ。

十階建てのビルほどの大木が空の半ばを覆い隠し、生い茂る下草が視界を遮っている。

森のなかには幅二メートルほどの小川が流れ、川沿いに遊歩道が整備されていた。

その森の一角に、神社に偽装した北辰門の本部がある。

川沿いの道を、黒い中国服の青年がゆっくりと歩いていた。

青江だ。

空間が揺らぎ、青江の前に青い中国服の鬼——石榴が現れる。肩から流れる血は、すでに止まっているようだ。

「青江さま……」

「石榴か。どうした、その姿は?」

冷ややかな声で、青江が尋ねる。石榴は目を伏せた。

「申し訳ございません。鉛白《えんぱく》が篠宮《しのみや》薫に倒されました。克海さまが邪魔に入ったため、筒《つつ》井《い》野武彦も仕留めそこねてしまいました」

「克海さまにも困ったものだ。……まあ、いい。おまえが戻ってこられて何よりだ」

「は……」

「間もなく、ここに彼らがやってくる。丁重にもてなさねばな」

「下鴨神社の外側の結界は、いかがいたしますか？」

「外側は、私がチェックする。当主殿も知らぬ結界だ。怪《あや》しまれぬよう……」

言いかけた青江は、ふっと茂みの一角に目を留めた。

茂みがガサガサと揺れる。

石榴が、全身を緊張させる。

その時、茂みのなかから三毛の仔猫《こねこ》が顔をのぞかせた。

青江が微笑んで、仔猫に近づいていく。

「おや、桃子《ももこ》、そんなところにいたんですか」

別人のように甘い声だ。

桃子と呼ばれた仔猫は尻尾《しっぽ》をピンとたて、ミーミー鳴きながら青江に近よってきた。たまに、ニャと短く鳴くのが可愛らしい。どうやら、卓也から引き取った仔猫のようだ。

「桃子……でございますか？」

石榴が微妙な表情で、青江を見る。

青江は石榴に目をむけ、ふっと笑った。

「悪戯《いたずら》で困る」

「はあ……さようでございますか」

「今日は忙しくなるから、早めに桃子の夕食の手配をしておかなくてはな」

青江は仔猫を抱きあげ、北辰門本部のほうに歩いていく。とても、これから戦いを控えているとは思えない態度だ。たぶん、負ける可能性はまったく考えていないのだろう。

石榴はため息をつき、その後ろ姿を見送った。

＊　　＊

午後一時を過ぎる頃、卓也たちは糺の森に入った。

森のなかに青江や石榴の姿は、もうない。

「わかっていると思うけど、目に見えるものには惑わされないように。外部の人間は入ってこられないように、術がかかっているんや」

克海が覚悟を決めたような顔で言う。

卓也は森の遊歩道を歩きながら、目を瞬《しばた》いた。

二、三百メートル先に下鴨神社だと教えてもらった社が見えるのだが、あれは実体ではないのだろうか。
「じゃあ、まっすぐ行けそうだけど、行けねえのか？」

「道の左の端を手探りしてみて。視《み》えないけど、紐《ひも》が張ってある。それを伝っていくと、正しい道に出るはずや」

克海が何もない空間を手探りしながら言う。

卓也も、同じようにやってみた。

（あれ？）

たしかに、空中に何か布を縒《よ》りあわせたような紐が張ってある。だが、目には視えない。

「これを伝っていけばいいのか」

克海がいなければ、きっと道に迷っていたろう。

（こいつがいてくれて、よかった）

少し悔しかったが、卓也は克海に笑いかけた。

「サンキュー。教えてくれて」

「君のためにやっているんとちゃう」

ポツリと言って、克海は先に立ち、視えない紐づたいに歩きだした。

（なんだよ……）

居心地の悪い思いで、卓也は薫を振り返った。

薫は相変わらず、無表情のままだ。その後ろにいる野武彦も、黙って顎《あご》の無精髭《ぶしょうひげ》を撫《な》でている。

そのまま、十分ほど歩いたろうか。

ふいに、克海が「あっ」と叫んで、あたりを手探りした。

「どうしたんだ?」

「紐がなくなってる……！　何かおかしい。普通ちゃうわ」

初めて、克海の表情に不安の色が浮かんだ。

「マジかよ……」

卓也は、ゴクリと唾《つば》を呑みこんだ。頼りの克海がこれでは、どうしていいのかわからない。

「どうやら、我々の侵入は気づかれているようだな。紐は故意に切られたのだろう」

野武彦が、静かに言う。

こちらは予想していたのか、落ち着いた口調だ。

「じゃあ、どうするんだ?　このまま進むのか?　でも、迷宮なんだよな……」

「ぼくの知ってる迷宮とちゃうわ、こんなの……。なんの法則もない」

眉をひそめて、克海が視えない紐を何度も手探りする。

克海の様子に、卓也はいっそう不安になってきた。

その時、薫がスーツの懐から鬼羅盤《おにらばん》をとりだした。

「鬼遁甲《おにとんこう》の迷宮だ」

「え……？　これ、鬼遁甲なのか？」

鬼遁甲は鬼にしか使えない術で、人間たちの奇門遁甲とは少し異なる。

以前、卓也も何回か鬼遁甲の迷宮に迷いこみ、大変な思いをしたことがある。

だが、いったい誰が鬼遁甲を使っているのだろう。

まさか、青江だろうか。

怖くて、訊けない。

「こっちだ」

ついてこいと言いたげに、薫がすっと卓也の左腕をつかんだ。

触れられて、こんな時だというのに、卓也はドキリとした。

野武彦が微妙な表情になる。しかし、何も言わなかった。

薫は卓也の腕をつかんだまま、先に立って歩きだす。後ろから、克海がついてくる気配があった。

歩くにつれて、あたりの景色が変わりはじめる。

初夏の森だったのに、枯れ葉が舞い散る秋の森になり、少し歩くと遊歩道さえない手つかずの雑木林に変わる。

時おり、木々のあいだを幻のような牛車の行列が通りぬけていく。

実体ではなく、別の次元の光景が透けて見えるだけらしい。

やがて、どこからともなく煙の臭いがしてきた。

このあたりは、入ってきた時の糺の森と似た場所だった。だが、出口も入り口もわからない。

克海が不安そうに、周囲を見まわした。

「燃えている……。まさか、変な門に入ってしまったんじゃ……」

「変な門って？」

「普通の奇門遁甲には開門《かいもん》、休門《きゅうもん》、生門《せいもん》、杜門《ともん》、傷門《しょうもん》、景門《けいもん》、驚門《きょうもん》、死門《しもん》の八つの門があるんだ。敵をそのなかのどこの門に誘いこむかで、戦いの勝敗が決まるらしい。今、ぼくたちが迷いこんでいる鬼遁甲は普通の奇門遁甲とは違うから、門の名前も違うかもしれないけど……もしかしたら、火事のなかに飛びだす火門みたいなのがあるんちゃうかな」

「マジかよ……！　やばいじゃん。このまま行ったら、焼け死んじまうのか⁉　どうしよう、お父さん？」

慌てて振り返った卓也はこの時、初めて父親がいないことに気がついた。

いつの間に、姿が消えてしまったのだろう。

卓也の心臓が、どくんと鳴った。

「親父がいねえ！」

あたりを見まわしても、それらしい人影は見あたらない。

「迷宮のなかで、はぐれたんやね。どうする？　戻って探す？」

克海が感情を押し殺した瞳《ひとみ》で、じっと卓也を見つめてくる。

卓也は、無意識に拳を握りしめた。

できるなら、探しに行きたい。自分一人ででも。

だが、そうすれば、自分まで迷ってしまうのは目に見えていた。

（どうしよう）

「霊気は消えていない」

ボソリと薫が言った。

「ああ……じゃあ、無事なんだな」

（そうだ。親父は〈鬼使い〉の統領なんだから、このくらいのこと、なんとかするに決まってる。オレが探しに行って、その結果、透子さんを助けだすのに失敗したら、親父は喜ばないだろう）

不安を押し殺し、卓也は深呼吸した。

「わかった。このまま行こう」

薫が「いいのか？」と尋ねるような目をする。

「この程度のことで、死ぬような親父じゃねえよ」

「そうだな」

静かな声で、薫が同意してくれる。たったそれだけのことで、卓也はホッとした。

どうして、こんなにホッとするのかわからない。

そんな二人を見ながら、克海はひどく切なそうな顔をしていた。

克海には、この短い会話で、卓也たちの心の絆《きずな》の強さがはっきりわかったのだろう。

「ぼく、アホみたいやん」

小さな呟きは、卓也の耳には届かない。

その時だった。

薫がボソリと言った。

「気をつけろ」

「え？　気をつけろって言われても……」

言いかけた卓也にむかって、真っ赤な炎に包まれた巨木が倒れてくる。幹の太さは大人二人が両手で抱えこんで、ようやく手が届くほど。

「うわああーっ！」

とっさに、卓也は右手の小川のほうに走った。

後ろから、薫の「幻だ」という制止の声が聞こえたようだった。

しかし、卓也はただ逃げることしか考えられなかった。

＊　　＊

糺の森は、燃えていた。

いがらっぽい煙が流れてくる。

(ここ……どこなんだ?)

卓也は不安を押し殺しながら、あたりを見まわした。卓也の感覚で、あの巨木が倒れてきてから数十分が過ぎている。

煙と炎を避けて歩くうちに、迷宮の奥深くに迷いこんでしまったようだった。

側には、もう薫も克海もいない。

森のなかには川が流れていたが、流れにそって歩いていてもいつまでも外に出ることができない。

堂々巡りしているのではないかという嫌な予感がしてきた。

「薫ーっ!　いねえのかー!?」

不安になって呼んでみても、声は森のなかに吸いこまれるばかりだ。
携帯電話もずっと圏外のままである。
まさか、こんなことになるとは思っていなかったから、何も準備をしていない。
このまま、森から出られなくなったらと思うと、背筋が冷たくなってくる。
「薫！　どこだーっ！」
卓也は、必死に火の気のないところを探して駆けだした。
その行く手に、優美な影が現れる。
(薫⁉)
一瞬、卓也はそう思った。
だが、違った。
近づいてくる人影は、黒い中国服を着ている。
(青江……さん？)
卓也の背筋が、ざわっと粟《あわ》だった。
最悪の状況だ。
「また会いましたね、卓也さん」
青江は、形のよい唇にうれしげな笑みを浮かべた。
これだけの炎と煙のなかにいても、青江の象牙色《ぞうげいろ》の肌には煤《すす》一つついていない。

銀ぶち眼鏡のむこうの瞳には強い磁力があり、見つめていると、ふっと吸いこまれそうになる。

「来るな！」

とっさに、卓也は懐剣をとりだし、構えた。

青江は足を止め、「やれやれ」と言いたげな顔をした。

「あなたに危害を加えるつもりはありませんよ」

「透子さんをさらったくせに……！　信用できるかよ！」

卓也は、キッと青江を睨《にら》みつけた。

「篠宮透子ですか。あなたがどうして彼女のことをそこまで気にかけるのか、わかりません」

青江は、指先で銀ぶち眼鏡のブリッジをくいと持ちあげた。冷静な表情だ。

「たった十五の女の子だぞ！　それを人柱にして平気なのか！」

卓也の言葉にも、青江は顔色一つ変えなかった。

パチパチと音をたてて、木々が燃える。

二人は、炎と煙のなかに立っていた。

（どうしよう。このままじゃ、焼け死んじまうかも……）

こうしているだけでも、怖くてたまらない。

薫に助けにきてほしかった。

「あなたが嫌がることはわかっているのですが、これは誰を泣かせてでもやらねばならないことです。許してくれとは言いません」

そう語る青江の瞳に、迷いはない。

周囲は炎が燃えさかり、火の粉の混じった熱風が吹き荒れていたが、青江のいる一角だけは風が凪《な》ぎ、大気は冷たく澄んでいるように見えた。

まるで、そこにだけ冴《さ》え冴《ざ》えとした冬の夜空が広がっているようだ。

その姿は、やはり人のものではない。

どうして、半陽鬼はこんなふうに綺麗《きれい》なのだろうと、卓也はぼんやりと思っていた。

こんなに綺麗な生き物を憎むのは難しい。

たとえ、透子にひどいことをしようとしている北辰門の退魔師であったとしても。

「なんのために、こんなことをするんだよ⁉」

「北辰門に属する半陽鬼としては、京都を護るため。青江個人としては、自分のため……でしょうかね」

自分のためと呟《つぶや》く青江の表情は、静かだった。

卓也には、青江の言いたいことがよくわからない。

青江は北辰門に命じられたから、透子を捕らえたわけではないのだろうか。

　それとも、北辰門の命令に従うことが、同時に青江の目的にもかなうということなのか。

「自分のためって？」

「まだ言えませんが、私も考えていることがあります。安倍家と北辰門のためではなく、鬼の血をひくもののために何をすべきなのか。そのために、まず、この陰の気を人柱のなかに流しこまねばなりません」

「透子さんだって、同じ半陽鬼だろ！　それを道具みたいにあつかって、かわいそうだと思わねえのか⁉」

「思いません。半陽鬼というのは、そういうものだと教えられました」

　青江の瞳は、少し悲しげだ。

「違う！」

　卓也は、叫んだ。

　薫や透子まで、一緒くたにするような言葉には耐えられなかった。

「こんなことはやめろよ、青江さん！　ほかのやりかたを探そう！」

「無理です」

「無理って言うな！　透子さんを人柱にしなくても、何か方法があるはずだ！」

　卓也の言葉に、青江は微笑んだ。美しかったが、どこか投げやりな笑顔だった。

「たとえば、私を殺すとか？」

「青江さん……」

どうして、このひとの言葉はこんなに悲しいのだろう。

聞いていて、つらくなるようなことしか言わない。

「仔猫《こねこ》を引き取ってくれたのは、嘘《うそ》だったのか……⁉　オレ、ぜんぶ、だまされてたのか⁉」

切なくなって、卓也は尋ねる。

青江は卓也のやりきれない想いを受け止めるような、穏やかな目になった。

「仔猫は大事に育てていますよ。私も悪意や打算だけで動くわけではありません」

「じゃあ、なんで……⁉」

青江のことがわからない。

薫をスカウトにきたのは、北辰門に命じられたからなのか。

仔猫を引き取ってくれたのは、単純な好意なのか。

北辰門の退魔師だとわかってからも、自分に敵意をむけてこないのはなぜなのか。

何一つわからない。

「わかんねえよ！　何考えてるんだよ、青江さんは⁉　敵なんだろう⁉」

混乱して問いかけると、青江は真顔で答えた。

「今のところは敵ですね。でも、あなたの出方次第では味方になってもかまいません」

思わぬ言葉に、卓也はびっくりして、青江の顔を見つめた。

青江は、怖いくらい真剣な目をしている。

本気なのだろうか。

「味方に……なってくれるって言うのか？」

青江が自分の立場を捨てて、北辰門を敵にまわしてもかまわないと言うからには何かとんでもない条件があるはずだ。

不安な思いで、卓也は青江の返答を待った。

「味方になりましょう。ただし、あなたが私のものになってくれるなら」

はっきりした口調で言って、青江は微笑んだ。さっきとは違う、挑《いど》むような微笑だった。

今度こそ、卓也は仰天《ぎょうてん》して、青江の顔をまじまじと見た。

何か、妙なことを聞いた気がする。気のせいだろうか。

「あの……オレ、今、聞き逃したみたいなんだけど……。ただし、なんだって？」

「あなたが私のものになってくれるなら、と言ったんですよ、卓也さん」

焦《じ》れったそうに、青江が繰り返す。

「なんで、そんなこと言うんだよ⁉」

卓也は、呆然《ぼうぜん》としていた。

なんと答えていいのか、わからない。

自分自身の心のなかを見つめるような瞳で、青江は呟いた。

「私は生まれてすぐ、母親から引き離され、北辰門の〈施設〉で育ちました。人間に愛されたこともなければ、人間を愛したこともありません。私は、ずっと一人でした。術さえ覚えて強くなれば、まわりの人間たちの上に立てる。強くなれば、自由になれる。そんなことばかり考えて生きてきた気がします。でも、あなたの側にいると、優しい気持ちになるんです。こんなことは初めてです」

強い想いを秘めた漆黒の目が、ひたと卓也に据《す》えられる。

「あなたのなかには、私が今まで知らなかった温もりがあります。あなたに側にいてほしい。あなたに触れることを許してほしい。どうか……卓也さん、お願いです」

卓也は息苦しい思いで、青江の眼差《まなざ》しを受けていた。

あまりにも、伝わってくる想いが激しすぎて怖い。

（どうしよう……）

「あなたを手に入れるためなら、北辰門も怖くはありませんよ」

そう言われて、卓也は父親から聞いた絶命子のことを思い出した。

青江は、土人形の呪詛で北辰門に縛りつけられているのではなかったか。

だったら、裏切ったら青江はどうなるか……。

「でも……北辰門に逆らったら……」

言いかけたとたん、青江は卓也の顔を見て「ああ」とうなずいた。その瞳は、穏やかだ。

「絶命子のこと、聞いたんですね」

「あ……うん……。でも、本当に呪いの糸がかかってんのか？」

嘘だと言ってほしくて尋ねると、青江はゆっくりと右手をあげた。

白い指が、自分の喉をすうっとなぞる。

「かかっています」

はっきりした声だった。

卓也は、息を呑《の》んだ。

「じゃあ、まずいだろ。オレのほうに寝返ったら、やばいじゃん！」

自分のために、早まったことをするなと怒鳴りつけたい気分だった。

青江は驚いたような目で卓也をまじまじと見、やがて、ふっと表情を綻《ほころ》ばせた。

「私のことを心配してくれるんですか、卓也さん」

何をバカなことを心配しているのだろう。

心配だから、怒っているのに。

「あたりまえだろ！　オレの側に寝返ったら、殺されちゃうんじゃねえか！　こういう話してるのだって、もしバレたら、おまえ、やばいぞ！」

青江は、卓也に怒鳴られても平気な顔をしていた。

それどころか、いとも幸福そうな表情になって言う。

「ああ、やっぱり私の好きになった卓也さんですね。こんな状況のなかでも、自分の心配より他人の心配をする……。そんなあなただから、私は……」

慌てて、卓也は手をあげた。

何か誤解がある気がする。

「いや、ダメだ！　ダメ！　オレ、おまえが思ってるような奴じゃねえから！」

青江が思っているほど、自分は優しくない。

心の奥底では、本気で寝返られたら困ると思っている。

「たとえそうだとしても、あなたの側にいたいんです。あなたが何を思っていても、どんなことをしても、私はきっとあなたのことを嫌いにはなれないでしょう」

「どうして、そこまで……？　オレ、おまえになんかしたか？」

まともに会って会話したのは、一度きりだ。

そこまで思いこまれる理由がわからない。

青江は、大きく息を吸いこんだ。

銀ぶち眼鏡のむこうの瞳に、濡れたような光が浮かぶ。

「もしかしたら、甘い香りに惑わされているだけかもしれませんね」

ささやくような声に、卓也はびくっとなった。

(甘い香り？)

まさか、青江は鬼として自分のことを好きになったのだろうか。

「待てよ。オレのこと、喰いたいとか思ってねえよな……⁉」

青江は卓也をじっと見、切なげに笑った。

その笑顔が、すべての答えだった。

(嘘だ……！)

卓也は、後ずさった。

胸の鼓動が速くなる。

ここで喰われるのかもしれないと思った。

だが、それだけは嫌だった。

「あなたが好きなんです、卓也さん。自分でもどうしようもないほど。あなたに触れられるなら、もうこの場で死んでもいい」

切なげな瞳になって、青江が言う。

青江のなかでは、今も鬼としての欲望が渦巻いているのだろうか。

卓也は、首を横にふった。

「ダメだ……！　オレ、薫に喰わせてやるって約束したから……！」

そう言ったとたん、青江の目がすっと細められた。

一瞬にして、変わった表情。

「なるほど。つまり、今のあなたは敵だということですね」

別人のように、酷薄な気配が伝わってくる。

あまりにも鮮やかな切り替えの速さに、卓也は心の底から怯《おび》えた。

（やべえ。殺される？）

卓也は息を殺し、相手の出方をうかがった。

瞬時に判断して、行動に移ることのできる青江は本当に優秀な退魔師なのだ。その優秀さが、恐ろしい。

青江は、怒りとも悲しみともつかない瞳で卓也をじっと見下ろした。

「あなたを殺せないなどと、たかをくらないでくださいね、卓也さん。私は、失うものなど何もありません。何も怖くはない。あなたのことも」

ぐっと肩をつかまれ、卓也は反射的に身を強ばらせた。

「嫌だ！　放せ！」

力いっぱい、青江の手を振り解く。

青江は、しばらく卓也の顔を見つめていた。

その表情は翳《かげ》り、引き結んだ口もとに失望の色が漂《ただよ》っている。

半陽鬼としての力を使えば、今の青江には強引に卓也を抱きよせることも、自分のものにすることもできたのかもしれない。

しかし、青江のなかで急激に膨《ふく》れあがっていく何かが、それを許さなかったのだ。

抑えることも無視することもできない激しい嵐。

その嵐の名を、恋という。

拒《こば》まれたからこそ、いっそう想いは強く燃えあがるのかもしれない。

ふいに、青江は卓也に背をむけた。そのまま、紅蓮《ぐれん》の炎のなかに歩き去っていく。

結界が張ってあるのか、青江を中心として半径二メートルほどの場所には、炎は近づいてこない。

卓也のまわりにも、同じ結界が残された。

たぶん、炎から卓也を護るために青江が置いていったものだ。

(バカ野郎……！)

卓也は唇を嚙みしめ、結界のなかに立っていた。

ひどく混乱して、震えていた。

この期《ご》におよんでも、自分を護ろうとする青江の気持ちがわからない。

いや、わかりたくなかった。

あの一瞬、本当に殺されると思ったのに。

(こんなもの……壊して、自力で結界作ってやる)

そう決意した時だった。

ビシュッ!

炎の壁が割れた。

燃える木々のあいだに、道ができる。

道のむこうに、妖美な影が立っていた。

(薫!)

卓也の胸が、どくんと鳴る。

薫は音もなく近づいてきて、無表情に青江の結界を切り裂いた。

バシュッ!

(うわ……)

「無事か?」

感情を押し隠した漆黒の瞳が、じっと卓也を見下ろしてくる。

まわりの煙と炎が、ふっと遠ざかったようだった。薫の結界のなかに入ったのだろうか。

「大丈夫だよ。ごめん……心配かけて」

卓也は、やっとのことで言った。

薫の顔を見ていると、胸がいっぱいになってくる。今にも泣きだしそうだ。

しかし、卓也は懸命にそれをこらえた。年上の自分が、こんなことくらいで泣くわけにはいかない。

「青江がいたのか」

少し不機嫌そうな目になって、薫が尋ねてきた。

卓也の胸の鼓動が速くなった。

青江に誘惑されたことは、とても言えない。

「いたよ。結界張って、いなくなっちまったけど……」

（どうしよう。なんで結界張ってくれたのかって、つっこまれたら、なんて答えたらいいんだ……）

だが、薫はそれ以上、青江のことは尋ねなかった。

薫にとっては、青江の気持ちや行動は予測の範囲内だったらしい。

「時間がない」

ボソリと言って、美貌《びぼう》の半陽鬼は燃える木々のほうに歩きだす。

「おい！　大丈夫なのか！　すげぇ火事だぞ！」

びくびくもので、卓也は薫の背中にむかって呼びかけた。

薫の結界があるせいか、熱と煙は遮断されていた。しかし、炎のなかに飛びこむのは視覚的に怖い。

薫はそんな卓也をじっと見ていたが、面倒臭そうな顔になって、ふいにぐいと腕をつかんで引きよせた。

(うわ……!)

ふわっと身体が浮く感覚がある。

気がつくと、卓也は薫の腕に抱えあげられていた。

薫は、ためらいもなく炎のなかにむかって走りだす。

卓也は息を呑み、薫の紫のスーツの肩にしがみついた。

第五章　沈む小舟

薫《かおる》と合流してから、一時間ほどが過ぎた。
卓也《たくや》は薫と肩を並べて、糺《ただす》の森《もり》の迷宮のなかを走っていた。
すでに炎が燃える場所は通りぬけ、このあたりは普通の森になっている。
克海《かつみ》や野武彦《のぶひこ》も迷宮のどこかにいるはずだが、なかなか合流できない。
薫は時おり、鬼羅盤《おにらばん》で正しい方角をチェックしているようだった。
「まだかかるのか？」
卓也は、薫の白い顔を見た。薫は、小さくうなずいてみせる。
(間に合えばいいけど……)
それは口にはできない。
何度目かに薫が立ち止まり、鬼羅盤を確認している時だった。
卓也は、木々のむこうに立派な神社の境内が見えるのに気がついた。
(あれ？)

「薫！　神社があるぞ！」

薫はチラリと目をあげ、神社と反対側に歩きだす。

「なんで、そっち行くんだよ⁉　あっちに神社見えるだろ？」

「近いように見えても、遠い」

ボソリと薫が答えた。

「マジかよ……。あんなに近くに見えるのに……」

（あれ？）

神社の境内に、いつの間にか広い川が出現している。

片側三車線の道ほどの幅がある。

川の上に、小舟が浮いているのが見えた。

小舟の上には輿《こし》のようなものが乗せられ、その上に巫子《みこ》装束《しょうぞく》の少女が座らされている。長い黒髪は首の後ろで結ばれている。

小舟の前後には、篝火《かがりび》が燃えていた。どういうわけか、船端にはずらりと雪洞《ぼんぼり》が飾られていたが、こちらには灯は入っていない。

（え？）

「ちょっと、薫！」

卓也は、先に行こうとする薫のスーツの腕をつかんで止めた。

「なんだ?」というように、薫がこちらを振り返る。

「あれ、透子《とうこ》さんじゃねえか?　舟の上にいるの」

卓也の言葉に、薫は小舟のほうをじっと見た。

美しい顔は無表情だが、雪白の手がそっと鬼羅盤をスーツの懐《ふところ》に戻すのが見えた。

(薫?)

薫は音もなく、木々のあいだに近づいていく。

卓也もそれを追いかけた。

二人は、木々のむこうに見える社と川を無言で見つめた。

「あれ、ここから近づけねえのか?」

無理だというふうに、薫が首を横にふる。

「儀式、始まってんじゃん。間に合うのか?」

それに対する応えは、なかった。

小舟の上の透子は何か術でも使われているのか、身じろぎもしない。その首の桜の花の痣《あざ》が、ぼーっと淡く光っている。

「薫……」

もどかしくて、卓也は傍《かたわ》らの半陽鬼の名を呼ぶ。

その時、木々のむこうの光景が変わった。

小舟の上の透子の姿は消え、糺の森の風景が広がる。

鬼遁甲《おにとんこう》の迷宮のなかのどこかだろうか。

巨木のあいだの道を牛車《ぎっしゃ》が移動してくる。赤い直垂《ひたたれ》姿《すがた》の牛飼童《うしかいわらわ》が手綱《たづな》をとって、牛車を先導している。

牛車のまわりには黒い影のような人影が七、八体、蠢《うごめ》いている。

牛車の後ろから、無人の輿を担いだ狩衣《かりぎぬ》姿の影たちや、やはり白い平安装束をまとった影たちがつき従う。

一行の後ろから、黒っぽい霧の固まりのようなものがついてくる。

牛車が進むにつれて、周囲の草や木がいっせいに枯れはじめた。

「なんだよ、あれ……!?」

背筋がピリピリして、腕に鳥肌が立ってくる。

誰に教えられたわけでもないが、本能的にあれはよくないものだとわかる。

「陰《いん》の気だ」

ボソリと薫が答えた。

どうやら、あの牛車が京都中の陰の気を集め、下鴨《しもがも》神社へ導いているらしい。

「陰の気……!?　京都中から集めたやつが、あれか……。じゃあ、北辰門はあれを透子さんのなかに封じる気なのか？」

(冗談じゃねえよ)

卓也は、身震いした。

ここから見ているだけで、どれほど強い陰の気なのかわかる。

あまりにも禍々《まがまが》しすぎて、見ているだけで、寒気がするほどだ。

あんなものを流しこまれたら、たとえ透子でも正気ではいられないだろう。

牛車のむこうに、丹塗《にぬ》りの鳥居が見えてきた。

鳥居の側《そば》には、下鴨神社と書かれた石柱がある。

どうやら、陰の気は透子のいる神社にたどりついたようだ。

(やべえ)

「薫！　急がねえと！」

卓也の言葉に、薫は無言で牛車に背をむけ、走りだした。

慌てて、卓也もそれに従う。

走る道の左右に、時おり、川に浮かぶ小舟や境内を進む牛車の一行の映像が映った。

ふいに、道の両側に同じ光景が映しだされる。

大きな川と小舟、そして、その手前で停まった牛車。黒い影のようにわだかまる陰の気。それを見守る狩衣姿の陰陽師《おんみょうじ》たち。

牛車の御簾《みす》があがった。

そのむこうは、真の闇《やみ》だ。
闇のなかから、真っ黒な陰の気が噴きだしてくる。
陰の気は水を渡り、一気に透子のなかに流れこんでいく。
「透子さん！」
（ダメだ！）
卓也は、悲鳴のような声をあげた。
だが、下鴨神社はまだ遠い。

＊　　＊

同じ頃、下鴨神社では真っ黒な陰の気がごうごうと音をたてて渦巻いていた。
陰の気が透子のなかに吸いこまれるにつれ、空が明るくなってくる。
広い境内を流れる川に浮かぶ小舟は、激しく左右に揺れていた。
この川は、御手洗川《みたらしがわ》と呼ばれている。
普段は川幅二メートルほどの小川だが、今は広く深い大河に変わっている。
川から少し離れたところに、舞殿《まいどの》がある。
舞殿には北辰門の陰陽師たちが七、八人立ち、印《いん》を結び、呪文《じゅもん》を唱えていた。

舞殿の北には、神服殿《しんぷくでん》と呼ばれる建物がある。

その入り口の前に、三つの姿が立っていた。

一人は北辰門会長、安倍秀明《あべひであき》。

渋い柿色《かきいろ》の狩衣を着て、白い袴《はかま》をつけている。

もう一人は、歳の頃、三十二、三の美女だった。品のいい和服姿で、艶《あで》やかな黒髪をアップにしている。女優のように整った顔だちだが、どことなく病的な印象があった。

この女は、安倍玲子《れいこ》。秀明の妹で、克海にとっては叔母《おば》にあたる。

最後の一人は、青江《あおえ》だった。秀明と玲子の斜め後ろに控えている。

「今のところは順調ですわね、お兄さま。すごい風ですこと」

玲子は冷ややかな瞳《ひとみ》で小舟を見、淡々と言った。

「篠宮《しのみや》薫たちも近くまで来ているはずだが、大浄《おおきよめ》の儀《ぎ》がこの段階までくれば、手出しはできまい」

秀明も満足げに応える。

さっきまで境内に停まっていた牛車は陰の気に戻り、透子のなかに吸いこまれてしまっている。狩衣や平安装束の影たちの姿もすでにない。

あたりの陰の気が透子のなかに吸いこまれていくにつれて、小舟の船端の雪洞にぼうっと灯《とも》が点りはじめた。

雪洞の数は二十個ほど。そのうち、もう五個に灯がついていた。

「あの雪洞にすべて灯が点れば、儀式は完成する」

秀明が呟《つぶや》く。

「これで、京都は救われますわね。今日こそ、北辰門をないがしろにしてきた、この街の人々に思い知らせてやることができるのですわ。いったい誰が、この街を護ってきたのか。誰のおかげで、この街があるのか」

玲子の言葉に、秀明はうなずいた。

そのあいだにも、また一つ雪洞が明るくなった。

神社の上空に渦巻いていた陰の気は今は竜巻のように細長くのびて、小舟の上の透子とつながっている。

小舟の上で、透子が両手で着物の胸を押さえ、苦しげに肩を波打たせていた。

白い顔には恐怖と苦痛の色がある。

「お兄ちゃん……助けて……」

細い声は、風に吹きさらわれて消える。

見る見るうちに、雪洞が明るくなっていく。その数は、もう十を超える。

その時だった。

「やめろ！」

鳥居のむこうから、ほっそりした少年が駆けこんできた。

克海だった。

必死の形相で、父親を見上げている。炎のなかを逃げてきたのか、服はあちこち焼け焦げ、白い頰《ほお》には煤《すす》がついている。

秀明は息子を見、不機嫌そうに眉根《まゆね》をよせた。

「克海……。邪魔をする気か」

陰陽師たちが克海を見、ざわっとざわめく。

秀明の後ろで、青江も「来ましたか」と言いたげに薄く笑う。

克海は父親の顔を見上げ、神服殿に近づいてきた。

「こんなん間違ってるわ！　お父さんは、透子さんが半陽鬼やから、こんなあつかいをしてもいいと思っているんでしょう⁉」

秀明は、苛立《いらだ》ったように息子を見た。

「儀式の最中だぞ、克海。そんな話はあとで聞く」

「今聞いてください！　透子さんを人柱《ひとばしら》にするのはやめてください！」

克海は、懸命に叫ぶ。

「どうして、そこまでこだわる？　半陽鬼など、呪具《じゅぐ》と変わらん。見た目は人間に見えるが、あれは人ではない。鬼の性《さが》を持つ異形の存在だ。人間あつかいする必要はないのだぞ、克海」

秀明の言葉に、青江が苦笑したようだった。同じ半陽鬼のいる前で、よくもそんなことを言えるものだと言いたげな瞳だ。

しかし、青江は懸命に口をつぐんでいた。

感情的になったのは、克海のほうだった。

父親に薫のことを「人間あつかいする必要はない」と言われたようで、たまらなくなったのだろう。

「お父さんは間違っています！　半陽鬼だって感情もあるし、心だってあるんや！　ぼくたち普通の人間と何も変わらへん！」

玲子がクス……と笑った。「青いことを」と言いたげな表情だった。

克海は、玲子をキッと見た。

「叔母さん……！　叔母さんも止めてください！　お父さんはおかしい！」

「おまえは黙っておれ」

秀明が右腕を一閃《いっせん》させる。

その手もとから、呪符が飛んだ。

バシッ！

呪符を胸に受けたとたん、克海の身体《からだ》が数メートル後ろに飛んで境内に叩《たた》きつけられた。

　息子の苦痛の悲鳴を聞きながら、秀明は顔色一つ変えなかった。

　この父子のあいだには、余人にはうかがい知れない確執《かくしつ》があるようだ。

　起きあがってこようとする克海を見、秀明は素早く印を結ぶ。

「急々如律令《きゅうきゅうにょりつりょう》！」

　ビシュッ！

「くっ……！」

　克海の身体は地面に膝《ひざ》をついた姿勢のまま、動かなくなった。その胸に、白く発光する呪符が貼《は》りついている。

　すさまじい瞳で、克海は父親を見上げた。

　だが、秀明はもう息子には目もくれなかった。

　その斜め後ろで、青江が無表情にこの光景をながめている。克海を見る目に、一瞬、哀れみに似た色が浮かんだようだった。

「すべて点りましたわね」

　やがて、玲子が冷ややかな声で呟いた。

　秀明も、満足げな表情でうなずいた。

　この騒ぎのあいだにも、陰の気はすべて透子のなかに吸いこまれ、雪洞は一つ残らず点っていた。

「お兄ちゃん……」

透子の蒼白《そうはく》な頬に、ツッ……と涙が伝った。

その身体が傾きはじめ、半ば意識を失ったようになって小舟の上に倒れこんだ。長い黒髪がばさっと広がる。

「奇一奇一《きいつきいつ》たちまち雲霞《うんか》を結ぶ、宇内八方《うだいはっぽう》ごほうちょうなん、たちまちきゅうせんを貫き、玄都《げんと》に達し、太一真君に感ず、奇一奇一たちまち感通、如律令《にょりつりょう》！」

秀明の呪文が響きわたった。

そのとたん、御手洗川の水面が、銀色の鏡に変わった。

小舟を中心として、五芒星《ごぼうせい》の形が赤く浮かびあがってくる。

透子は、つらそうな瞳を空にむけた。

小舟は、ゆっくりと銀色の鏡のなかに沈みこみはじめる。

その時だった。

「やめろーっ！」

鳥居をくぐって、二つの影が境内に飛びこんできた。

一人は卓也。もう一人は、薫である。

秀明が動きを止め、ゆっくりと卓也たちを振り返る。

二人の妨害を予想していたのだろう。秀明の表情には、驚きの色はなかった。

「やはり、来たか」

「篠宮薫と筒井《つつい》卓也のコンビは、数々の難事件を解決してきました。彼らにとって、あの程度の鬼遁甲をぬけることは難しいことではありますまい」

青江が冷たく呟いた。

取り押さえられた状態で、克海が息を呑《の》み、薫と卓也を凝視する。

こんな時ではあったが、卓也たちがコンビを組んでいたということが衝撃だったらしい。

＊　　＊

（透子さん！）

卓也は、素早く境内を見まわした。

父親は、まだ来ていないようだ。

左手の神服殿に秀明と玲子、その後ろに青江。

神服殿の手前に、胸に呪符を貼りつかせたまま、動けなくなっている克海の姿が見える。

右手の舞殿には陰陽師たちが七、八人。

そのむこうの御手洗川——銀色の鏡のなかに、糺の森のなかで幻視したものとそっくり同じ小舟が沈んでいこうとしている。

小舟は篝火と雪洞の灯に包まれ、薄闇のなかにそこだけぽっかりと明るく見える。

小舟の上には、透子がぐったりとしていた。

(透子さん!)

薫が、すっと前に出た。

克海の視線が追いかけてくる。しかし、薫は克海には目もくれなかった。

「七曜会《しちようかい》の退魔師たちか」

「邪魔をさせるものか!」

神服殿の裏から若い陰陽師たちが五、六人、駆けだしてきた。

陰陽師たちと一緒に、巨大な蝦蟇《がま》や鼠《ねずみ》、狼《おおかみ》などがやってくる。みな、式神《しきがみ》だろう。

「薫、来たぞ」

卓也の声に、薫は「わかっている」と言いたげにうなずいた。

紫のスーツに包まれたしなやかな身体が、風のように式神たちのあいだを通り過ぎる。

次の瞬間、式神たちが一瞬のうちに燃え崩れ、呪符に変わった。

「うわっ!」

「ぐっ！」

ほぼ同時に、若い陰陽師たちが地面にくずおれた。

（すげえ）

「強いぞ」

「怯《ひる》むな！」

仲間の陰陽師たちのあいだに、動揺が走る。

そのあいだに、卓也は銀色の鏡にむかって走りだした。

少し遅れて、薫もついてくる。

「遅かったな、篠宮薫。筒井卓也。大浄の儀は、間もなく終わる」

勝ち誇ったように、秀明が哄笑《こうしょう》する。

「ふざけるな！　透子さんは、おまえらの好きにはさせねえ！」

透子の乗った小舟まで、あと十メートルほど。

だが、小舟の沈む速度のほうが速い。

間に合わないかもしれないと思った時、卓也の背筋に冷たいものが走った。

「透子！」

薫の叫びが聞こえた。

「透子さん！」

沈んでいく小舟の上で、透子が弱々しく頭を上げた。その頰に涙が光っている。

そんな透子の姿を目の当たりにして、卓也の胸は切なく痛んだ。

このまま、人柱にさせてしまうわけにはいかない。なんとしてでも助けなければ。

「しっかりしてください、透子さん！　今、行きます！」

とっさに、卓也は水面に飛び降りた。

銀の鏡に変わっている水面はガラスのように硬く、冷たい。

（沈まねえ……！　これなら、いける！）

つるつると足をとられる鏡の上を、卓也はもがきながら走りだした。

小舟はすでに船端まで沈みこみ、透子の身体も腰のあたりまで銀の鏡のなかに消えていこうとしている。

「透子さーんっ！」

「卓也さん……来てはダメ……」

透子は苦痛に顔を歪《ゆが》めながら、細い声で卓也を制止する。

「何言ってるんですか、透子さん！　オレ、ちゃんと助けますから！」

透子は、小さく首を横にふってみせる。

それは、もう助からないと言いたげな仕草だった。

（そんな……！）

たしかに、鏡のなかに沈みこんでしまったら、透子がどうなってしまうかわからない。

水のなかに沈んだように、息ができなくなってしまうのだろうか。

それとも、御手洗川ごと封印されて何もわからなくなってしまうのか。

（でも、手が届けば、なんとかできるかもしれねえ！　術が完成する前なら……！）

卓也は、必死に鏡の表面を蹴《け》って前に進む。

背後から、いっせいに陰陽師たちの詠唱が聞こえてきた。

何を唱えているのかは、わからない。

卓也の目の前で、透子は見る見る沈んでいく。

少女は覚悟を決めたように、目を閉じていた。

「透子さーんっ！」

懸命にのばした卓也の手は、空《くう》をつかんだ。

卓也が透子のもとに駆けよるのと、透子の姿が完全に鏡のなかに没したのはほぼ同時だった。

「透子さん！」

卓也は鏡に膝をつき、下をのぞきこんだ。

鏡はガラスのように透きとおり、そのむこうに沈んでいく小舟とまだ燃えつづける篝火と灯の点った雪洞、それに透子の姿が視《み》えた。

透子は上をむき、卓也の顔をじっと見上げている。

ひどく寂しそうな表情だ。

(助けなきゃ……!)

とっさに、卓也は鏡を拳《こぶし》で殴りつけた。鋭い痛みとともに、衝撃が手首に伝わってくる。

だが、鏡の表面には傷一つつかない。

次の瞬間、透明だった鏡の表面は銀色に戻り、卓也の顔を映しだした。

呆然《ぼうぜん》として目を見開く少年の顔を。

「透子さんっ! 嘘《うそ》だ! こんなの!」

叫んだとたん、ガラスのように硬かった鏡面がもとの水に戻った。

「うわっ! うわあああああーっ!」

ドボンと音をたてて、卓也の身体は御手洗川に沈む。

(やばい! 溺《おぼ》れる!)

慌てて、もがいていると、誰かが卓也の衿《えり》もとをぐいっとつかみ、引きあげてくれた。

＊　　＊

卓也の目に飛びこんできたのは、薫の姿だった。

（え？）

半陽鬼は、水面に立っている。

いや、水深が浅いのだ。水は、薫の靴底を濡《ぬ》らすほどしかない。

いつの間にか、深い大河は消え、御手洗川は水溜《た》まりのような川に変わってしまっている。

川幅は広いが、小舟や透子を呑《の》みこむほどの深さはない。

「透子さんは⁉　透子さんは、どこ行っちまったんだよ⁉」

卓也は目を見開き、あたりを見回した。

「気をつけろ」

薫が、ボソリと言った。

その視線の先には、青江が舞殿を背にして立っていた。

黒い中国服の裾《すそ》が風に翻《ひるがえ》る。

青江の右手、七、八メートルのところに、克海が呪符を胸に貼りつかせたまま、膝をついていた。

（克海……）

なんとか助けてやりたいが、今は卓也もそれどころではなかった。

青江のほうから、すさまじい妖気が吹きつけてくる。

「遅かったようですね、卓也さん、篠宮君」

優しげな声で、青江が言った。

「よくも……透子さんを！」

卓也は薫が目で制止するのも聞かず、青江に襲いかかっていった。

青江はふっと笑い、卓也をかわした。

「あなたの相手をしている時間はありません。憎しみに燃えたその瞳、とても綺麗《きれい》ですが」

「ふざけるな！」

卓也は体術で、青江に攻撃をしかけていった。

しかし、卓也の攻撃はことごとく外される。

「失礼」

青江が卓也にむかって、すっと手のひらをむけた。

バシュッ！

卓也の身体は勢いよく飛ばされ、地面に転がった。

「くっ……！」

立ちあがろうとする卓也の傍らに、薫がすっと移動してきた。青江からガードしようとするような動作だ。

「ゆっくり、お二人のお相手をしたいところですが、私にはまだやらなければいけないことがあります。やり残した儀式が」

ニッコリと笑って、青江は御手洗川のほうに視線をむけた。

「やり残した儀式だと？　大浄の儀は終わったはずだぞ」

神服殿の上から、秀明が言う。

青江は、クッと笑った。

「まだ終わってはおりません」

「どういうことだね？」

秀明の声に、威圧的なものが忍びよりはじめる。

青江は中指と人差し指を自分の口もとにすっと翳《かざ》し、呪文を唱えた。

「彼方《おちかた》や、繁木《しげき》がもとを、焼鎌《やきがま》の利鎌《とがま》をもちて、打ち払うなり。天《てん》、地《ち》、玄《げん》、妙《みょう》、行《ぎょう》、神《じん》、変《へん》、通《つう》、力《りき》、勝《しょう》、急々如律令！」

その瞬間、ドンッとあたりの空気が震えた。

京都の大地が鳴動する。

今まで感じたこともない、ひどく嫌な気配が四方八方から押しよせてくる。

卓也は、空の遥か上で濁った黒いものが渦巻くのを感じた。

（え……⁉　なんだ、これ……⁉）

思わず見上げた空に、立ち上る白い光の柱が視えた。

（ええっ⁉）

光の柱は下鴨神社をとりまくように、五本立っている。

五本の光の柱と柱のあいだに、数秒間隔で電流のような白い光が走っていた。その光が、陰の気の渦巻く下鴨神社の上空に巨大な白い五芒星を描いている。

「呪術《じゅじゅつ》結界が消えた」

ボソリと薫が呟いた。

「呪術結界？　京都のか？」

卓也は、息を呑んだ。

千年にもわたって、この都を護ってきた結界が消えることなど、ありえないと思っていた。

永い年月をかけ、押しとどめられてきたものどもが、一気に都に流れこんできている。

「青江、なんの真似だ？」

秀明が、冷ややかな声で尋ねる。

「せっかくの陰の気です。封印するのは、もったいないとは思いませんか」

やわらかな口調で、青江が言う。

御手洗川全体が銀色に光りはじめる。

光のなかから、透子を乗せた小舟が再び浮かびあがってきた。

(透子さん！)

卓也は、息を呑んだ。

克海も呆然としたように、この光景を見つめていた。

透子は小舟の上に倒れ、ぐったりとしている。生きているのか、死んでいるのかもわからない。

「ご覧ください。篠宮透子を増幅器として、この陰の気を日本の隅々まで行きわたらせましょう。すでに、私の仲間が各地で下準備を終えている頃です。日本全土が京都のように陰の気に包まれれば、七曜会も北辰門《ほくしんもん》の術者たちも力を失いましょう」

(嘘……！)

卓也は、息を呑んだ。

青江は、いったい何をしようとしているのだろう。

まるで、この国を支配しようとしているようだ。

「そして、陰の気のなかで力を増した半陽鬼のおまえが、この国の頂点に立つというわけか。愚劣な。おまえの首が落ちるのと陰の気が流れだすのは、どちらが早いかな」

秀明が、口のなかで呪文を唱えた。

＊　　＊

同じ頃、北辰門の本部の奥、地面に作られた石の扉の前に茶色い狩衣姿の男が現れた。
人間ではなく、秀明の式神である。
石の扉が音を立てて開く。
扉の奥には石段があり、そのむこうには小さな石室があった。
石室の中央に、赤い糸を巻かれた土人形――絶命子《ぜつめいし》が安置されている。
式神が絶命子に手をのばした時だった。
「なるほど。そこでしたか」
冷ややかな声がして、石榴《ざくろ》が式神の背後に立った。
「何……!?」
ゆっくりと、式神が振り返る。
その胸に石榴の手刀が吸いこまれていった。
式神は胸をえぐられ、その場に倒れこんだ。
石榴はこともなげに式神をまたぎ越し、絶命子をつかんだ。
その背後で、式神は一枚の呪符に変わって燃え崩れていった。

秀明が呪文を唱え終わっても、あたりに変化はなかった。

「お兄さま……これはどういうことでしょう」

玲子がわずかに不安げな様子になる。

秀明がハッとしたように目を見開き、自分の胸を押さえた。

青江がククッと笑いだした。

その目の前に、石榴が現れる。手に、赤い糸のかかった土人形を持っていた。

(え……?　まさか、あれが……!)

青江は石榴の手から土人形を受け取り、秀明を見上げて微笑《ほほえ》んだ。

「絶命子はここです。さあ、どうしますか、ご当主殿?」

「見つければ、術が解けると思ったか。バカめが。絶命子に巻いた糸はまだ生きている。死ね、青江」

秀明は、印を結んだ。

しかし、絶命子はピクリともしない。

初めて、秀明の瞳に動揺の色が浮かんだ。

*　*

「なんだ、これは……!?」

「あなたの術は、もう効きません。石榴に別の糸をまくように命じておきましたのでね」

「別の糸だと……!?」

「そう。私の首と四肢ではなく、あなたの首と四肢を落とす糸です」

ニッコリ笑って、青江は赤い糸を引いた。

秀明が顔色を変え、両手で首を押さえ、目を見開いた。

(やばい……!)

卓也は、息を呑んだ。

「ダメだ！　殺すな！」

克海が悲鳴のような声をあげる。

青江はそんな克海を見、酷薄な瞳になった。

「克海さま、こんな親でも大切ですか」

「どんな親でも親は親や！　ぼくに命をくれた人や！　殺すな！」

呪符に縛られて動けない状態のまま、克海は懸命に叫ぶ。

青江は哀れむような目で克海をじっと見、呟いた。

「克海さまは善人でいらっしゃる」

白い指に力がこもった。

秀明の顔が真っ赤になり、ひどく苦しげな様子になる。

「やめろ!」

とっさに、卓也は青江にむかって駆けだそうとした。

目の前で、人の首が落ちるところなど、見たくはない。

だが、薫が卓也の肩をつかんで止める。「危険だ」というふうに。

「でも……! 薫!」

青江はそんな卓也を見、ふっと微笑んで、糸をピンと弾いた。

秀明がうめき声をあげ、その場に倒れ伏す。

(え……!? 殺した?)

卓也は、ドキッとして秀明の姿を凝視した。

「気絶しただけですよ。ご当主殿は存外、気が弱くていらっしゃる」

青江は動揺する卓也の顔をながめたまま、楽しげな口調で言う。

「お兄さま! お兄さまーっ!」

玲子が兄にとりすがる。

「お父さん!」

克海も、父親にむかって駆けよっていった。秀明が倒れたことで、克海を縛りつけていた呪符の力が消えたのだろう。

陰陽師たちは怯《おび》えたように立ちすくみ、動かなかった。

「さあ、そこで見ておいでなさい。私の術が、この国を支配するさまを」

勝ち誇ったように、青江が言う。

その時、卓也の傍らから静かな声がした。

「そうはさせん」

（え……？）

ドキリとして、卓也は隣を見た。

漆黒の瞳には、薫にしてはめずらしいくらい、はっきりした怒りの色が浮かんでいる。

薫は「透子を」と言いたげな目で、卓也を見た。

それだけで、意思は通じる。

「わかった！」

卓也はもう一度、透子のいる小舟にむかって走りだした。

「火竜《かりゅう》」

薫は優美な仕草で、ルビーの指輪をすっと青江にむけた。

指輪が赤く輝き、その光のなかから真紅の小さな竜が現れる。

鱗《うろこ》の生えた頭から尻尾《しっぽ》の先まで、およそ二十センチ。二つの目は黒く、宝石のように煌《きら》めいている。

火竜は、青江にむかって真紅の炎を吐いた。

青江は、流れるような動作で炎をかわした。

二度、三度と炎が薄暗い境内を吹きぬけていった。

青江も、薫にむかって半月形の光を放つ。

ふいに、御手洗川と卓也のあいだに白い狛犬《こまいぬ》が現れた。大型犬ほどの大きさで、目が金色に光っている。青江の式神だろうか。

白い狛犬は歯をむきだしにし、低く唸《うな》りはじめた。

「悪りぃけど……通してもらう！」

卓也は拳に霊気を集めた。右手が肘《ひじ》のあたりまで白く光りはじめる。

「どけ！」

狛犬にむかって拳を突き出すと、白い光が弾けた。

ドンッ！

狛犬が飛ばされ、パッと消える。

ほぼ同時に、薫の手刀が青江の中国服の左肩を切り裂いた。

ザシュッ！

「くっ……！」

青江は後ろに飛びすさり、がくっとその場に膝をついた。

「青江さま！」

石榴が青江に駆けよろうとする。

そんな石榴にむかって、火竜の炎が襲いかかっていく。

「うわあああああーっ！」

炎のなかで石榴の身体が揺らぎ、ふっと消えた。

倒されたのか、それとも逃げたのか、わからない。

その時、克海が青江を振り返り、厳しい表情で九字《くじ》を切りはじめた。

「臨《りん》、兵《びょう》、闘《とう》、者《しゃ》、皆《かい》……」

茫然自失《ぼうぜんじしつ》の陰陽師たちもいっせいに手刀を青江にむけ、克海の声に唱和する。

「陣《じん》、列《れつ》、在《ざい》、前《ぜん》！」

青江のまわりに、縦横九本の光の筋が走った。

「この私を呪縛しようというのですか。愚かな」

青江の眼鏡の左のレンズに、ピシッとヒビが入った。

それをものともせず、青江は唱えた。

「目覚めよ、陰の気」

青江の声が響きわたったとたん、透子の首の桜の花の形の痣が赤く光った。

ドンッ！

大地が揺れ、空の白い五芒星が妖《あや》しく明滅しはじめる。

透子の細い身体から、すさまじい陰の気が噴きだしてきた。

少女の顔は真っ青で、虚ろに見開かれた瞳には何も映っていない。長い黒髪は宙に浮かびあがり、水のなかの海草のようにゆらゆらと揺れていた。

陰の気を含んだ激しい風が、境内を吹きぬけていく。

「くっ……！　透子さんっ！」

（ダメだ……！　このままじゃ……！）

卓也は左腕を顔の前にあげ、息を吹きさらおうとする風に抗《あらが》った。

全身が氷のように冷えていく。陰の気が、体温を奪っていくのだ。

普通の人間なら、この陰の気のなかでは五分と生きていられないだろう。

足もとが揺れ、頭がくらくらして立っていられない。

「うわああああーっ！」

陰陽師たちの悲鳴が遠く聞こえた。

青江の笑い声が響きわたる。

「この術を止めることは、もうできません。私の勝ちですね」

突然、ふっと青江の気配が消えた。

（え……!?）

卓也は目を開き、青江の姿を探した。

しかし、陰の気の吹き荒れる境内に青江はもういなかった。安全な場所に逃げたのだろう。

秀明と玲子は、すでに意識を失っていた。北辰門の陰陽師たちも大半は戦闘能力を失い、その場にうずくまっている。

克海も苦しげに顔を歪め、秀明の傍らに座りこんでいた。

陰の気の渦巻く境内に、薫だけがひっそりと立っている。

その視線が、卓也の瞳を捉《とら》えた。

「鎮《しず》めるぞ」

「あ……ああ……」

二人は同時に透子にむきなおり、印を結んだ。陰の気を鎮めようと、霊力を注ぎこむ。

しかし、透子のなかから噴きだしてくる陰の気はあまりにも強い。

肌がピリピリと痛み、指先が痺《しび》れてくる。

卓也は、自分の膝が震えているのを感じた。それは恐怖のためなのか、寒さのためなのか、自分でもわからない。

（ダメか……）

そう思った時だった。

「卓也君、薫君！」

聞き覚えのある声がした。

（え……この声⁉　まさか……）

卓也は、声のほうに目をむけた。

ジーンズ姿の俊太郎《しゅんたろう》が誰かに肩を貸しながら、御手洗川に近づいてくる。

肩を借りているのは、白い狩衣に白袴《しらばかま》姿の青年——聖司《せいじ》だった。今、卓也たちを呼んだのは聖司だろう。

（ええっ⁉　叔父《おじ》さん⁉）

信じられない思いで、卓也は聖司の姿を凝視した。

たしか、集中治療室でぐったりしている叔父を見たのは、ほんの数日前のはずだ。

（大丈夫か⁉　動いて平気なのか⁉）

俊太郎が聖司を連れてきたのも、意外なことだった。

薫が、「卓也」と低く呼ぶ。

気を散らすなということだろう。

「あ……ごめん……」

慌てて、卓也は透子にまた意識を集中させた。

聖司の静かな声がする。

「薫君も卓也君も、そのままで聞いてください。この術のための結界が、下鴨神社のまわりにあります。あの白い光の五芒星です。透子さんの陰の気の流出を止めるには、まず、結界を作っている五つの呪具を壊し、光の五芒星を消さなければなりません。すでに、義兄《にい》さんには時計まわりに、まず北の呪具を破壊しに行ってもらっています。卓也君一人で透子さんを抑えているあいだに、薫君には南側の呪具の破壊のお手伝いをお願いします。卓也君の助けになる呪具は、俊太郎君が東京から運んできてくれました」

聖司は、狩衣の懐から翡翠《ひすい》の勾玉《まがたま》をとりだした。勾玉には、紫の細い紐が通してある。

卓也は、薫の瞳を見た。

どうすると目で尋ねると、薫がうなずいた。

やってみようということらしい。

(大丈夫かな。オレ、一人でささえきれるんだろうか……。いや、ささえなきゃ。ここでオレがコケたら、透子さんが……。死ぬ気でがんばろう)

「わかった。叔父さん、その勾玉、どう使うんだ?」

「この勾玉は、〈陽氷《ようひょう》〉といいます。君の霊力と陽の気を増幅する働きがあります。手に握って、身固めの体勢で、透子さんに力を注ぎこんでください」

身固めというのは護ろうとする相手の肩をしっかり抱き、動きを止めて、邪悪なものから護る呪法の一つである。

「身固め……？」

（できるのか、オレに？　攻撃するのはいいけど、ガード系の術って苦手なんだよな）

それに、相手は十代の女の子である。しかも、絶世の美少女で、卓也にとっては初恋の相手だ。

抱きしめていいものだろうか。

非常時ではあるが、卓也はそんなことを思って、プルプルと頭を横にふった。

（バカ。考えるな、オレ！　今は透子さんを鎮めることを考えなきゃ！）

「君になら、できます」

聖司は卓也をじっと見、微笑んだ。俊太郎も祈るように卓也たちを見つめている。

「がんばってください、卓也先輩……！」

卓也は、薫の顔をチラリと見た。

薫が「大丈夫だ」というふうに、うなずいてみせる。

その目を見ているだけで、不安が鎮まっていく。

（怖くねえ。大丈夫だ。オレにならできる）

そう思わせてくれる相手だから、ずっと一緒に戦ってくることができたのかもしれない。

「いきますよ、卓也君！」

聖司が、卓也にむかって勾玉を投げた。

パシッという小気味よい音をたてて、勾玉は卓也の手のなかにおさまる。

手のひらに、不思議な温もりが広がった。

それを確認して、薫が鳥居のほうに走りだした。

そのとたん、あたりの陰の気がいっそう濃くなったようだった。薫が抑えるのをやめたぶんだけ、卓也に負担がかかってきたのだ。

「くっ……！」

手のなかの勾玉が、燃えるように熱い。

その熱が卓也のまわりに広がって、陰の気を少しやわらげてくれる。

卓也は一歩一歩、透子に近より、両手をのばして、白い着物の肩を抱きしめた。勾玉は右手のなかにしっかり握りこんでいる。

「透子さん、聞こえていますね？　オレ、ここにいますから、透子さんもあきらめないで戦ってください！　今、薫が結界を破りにいきました！　あともう少しの辛抱です！」

透子の返答はない。

「俺も行きます！」

俊太郎もたまらなくなったのか、神社の外に駆けだしていった。

克海は意識のない父親と叔母の傍らに座り、印を結んで二人を護ろうとしている。

た。

＊　　＊

賀茂川と高野川の交わるあたり、下鴨神社の上空に黒い煙のようなものが渦巻いていた。

陰の気だ。

京都は宵闇《よいやみ》のような色に包まれている。

陰の気をつらぬくようにして、五本の光の柱が空に吸いこまれていく。

光の柱と柱のあいだに、数秒間隔で電流のように白い光が流れていくのが見えた。その光が、下鴨神社の上空に巨大な五芒星を形作っている。

野武彦や俊太郎は今頃、聖司に指示されたようにその光の柱にむかっているはずだ。

しかし、薫は光の柱にはむかわなかった。

鬼羅盤を操りながら、素早く社の杜《もり》のあいだを走りぬけ、何度か直角に曲がり、鬼の血をひくものにしか視えない道をたどっていく。

白い猫の尻尾のようなオカトラノオや、鮮やかな黄色の花を咲かせたキンシバイのあいだをぬけていくと、ふいに遮るもののない真昼の草原に出た。

下鴨神社はどこにもない。

いや、京都の街さえ見えない。

あたり一面、ピンクの霞《かすみ》のような花の群落だ。シモツケソウだろう。

花のなかに、黒い中国服の青年が立っていた。

その姿は、妖しいまでに美しい。

「よくここまで来ましたね、篠宮薫。あなたなら、見つけると思っていましたよ」

青江は、満足げに微笑んだ。絶命子は、もう持っていない。

薫は無言のまま、青江を見返す。

「この場所は空間のはざまで、人間の術者には決して視えません。ここなら、邪魔者ぬきで、ゆっくり話ができますね」

どうやら、術が完成するまでの時間を稼ぐつもりらしい。

このあいだにも、卓也が透子の陰の気を抑えるために戦っている。

薫は、優美な仕草で身構えた。視線は、青江から外さない。

青江は、苦笑したようだった。

「話はしないということですか。まあ、いいでしょう。あなたは、倒しておかなければいけないと思っていました。卓也さんのためにも」

卓也の名前に、薫はわずかに眉根をよせた。

そんな薫をじっと見、青江は唇の端に意地の悪い笑みを浮かべた。

「私も、卓也さんのことがとても気に入りました。喰《く》いたいと思っています」

「おまえには、やらん」

薫の白い手が、すっとあがる。

「火竜」

ルビーの指輪から火竜が飛び出し、青江にむかって紅蓮《ぐれん》の炎を吐きかける。

青江は、ふわりと避けた。

着地したところにむかって、炎が襲いかかる。

「こんなもので、私を倒すつもりですか」

青江が腕を一閃させると、炎は一瞬のうちに消えた。

次の瞬間、青江は薫の真正面に立っている。

パッとシモツケソウの花が散った。

「死になさい」

青江の右手が薫の胸にむかって突きだされる。

その中国服の袖口《そでぐち》から、銀色の蛇が飛びだしてきた。

長さは大人の腕ほどだろうか。

「…………!」

薫は、素早く銀色の蛇を叩き落とした。

その瞬間、蛇は薫の手首に巻きつき、一気に首まで這いあがった。

銀色の蛇が、妖しく光る。

「くっ……！」

薫は小さくうめき、その場に膝をついた。

頬から血の気が失せ、呼吸が苦しげになる。

「制鬼輪《せいきりん》というものがあったそうですね」

優しげな声で、青江が言う。

かつて、薫の父、篠宮京一郎《きょういちろう》が反抗的な息子を従わせるために使った術が制鬼輪だ。

京一郎の作った銀色の光の輪を額にはめこまれると、すさまじい苦痛のなかで霊力を奪いとられ、立ちあがることもできなくなる。

薫にとっては、忌まわしい記憶に結びつく単語だった。

紫のスーツの肩が苦痛に波打っていた。

「これは北辰門の術者が作ったものですが、なかなかのできでしょう」

青江は、ゆっくりと薫の前に片膝をついた。

蒼白な美しい顔をじっとのぞきこむ。

バシッ！

薫の腕が一閃した。

危うく殴られそうになって、青江は後ろにとびのく。

急に動いたことで、いっそう苦痛が増したのか、薫は顔を歪め、銀色の蛇ごと自分の喉《のど》をつかんだ。

「無理しないでくださいね。苦しいはずです」

青江がクス……と笑う。

薫は青江を睨《にら》みあげたが、声はたてなかった。

もう立ちあがる力もないのか、片膝をついた姿勢のまま、浅い息を吐いている。

「さあ、そろそろ楽にしてあげましょうか」

青江がすっと右手を横に出すと、その手のなかに中国ふうの両刃の剣——双手剣《そうしゅけん》が現れた。

音もなく、青江が近づいてくる。

薫は、つらそうに目を閉じた。

「気の毒に。もう終わりますよ」

双手剣がふりかぶられる。

その瞬間だった。

雪白の指が銀色の蛇をつかみ、ひきちぎった。

「なっ……!?」

青江が目を見開いた瞬間、ひきちぎられた蛇がその顔面にむかって飛んだ。

「うわあああああああーっ！」

術を返された衝撃で、青江の身体が銀色の蛇ごと弾き飛ばされ、地面に叩きつけられた。

ごうっと風が巻きおこる。

薫は、音もなく立ちあがった。

宝石のように美しい漆黒の瞳は、青江の無様な姿に据えられている。その瞳のなかには、抑えても抑えきれない怒りの色があった。

「これが制鬼輪だと？」

酷薄な声が、そっと言う。

北辰門の術者ごときが見よう見まねで作った銀色の蛇は、篠宮京一郎が鬼への憎悪と才能のありったけをぶつけて作った制鬼輪にはとてもおよばなかった。

風のなかで、薫の漆黒の髪が炎のように揺れている。

「よくも……私の術を……」

青江も立ちあがり、双手剣を構えた。その頬の色は真っ青になっている。

「火竜」

美しい声が、静かに唱えた。

ルビーの指輪が赤く煌めき、火竜が出現する。

青江にむかって、火炎放射器でも使ったような炎が襲いかかっていった。

「こんなもの……！」

炎をかわし、青江は走る。

その行く手に、薫が立っていた。火竜はもう姿を消している。どうやら、霊力の限界で維持しきれなくなったらしい。

青江の片頬に、勝ち誇ったような笑みが浮かぶ。

「私の勝ちですね！」

双手剣が、薫にむかって落ちかかっていく。

その瞬間、薫の後ろから真紅の火竜が浮かびあがってきた。

「隠れていた……！　そんな……！」

青江の目が見開かれる。

火竜の顎《あご》から、紅蓮の業火が噴きだした。

真正面から炎を浴び、青江は狂ったようにもがきはじめた。

「うわあああああああーっ！」

双手剣が地面に落ち、突き刺さる。

青江の黒髪が炎に包まれ、銀ぶち眼鏡のガラスが砕け散る。

ほぼ同時に、あたりのものが列車のなかから見る風景のように勢いよく後ろに流れだした。

結界が崩れかけているのだ。

シモツケソウのピンクの花がスローモーションのようにパッと空中に舞い上がり、青空がぐにゃりと歪む。

次の瞬間、炎に包まれた青江の姿も押し流され、消えていった。

遠く悲鳴が聞こえたが、それも断ち切られたようにぷつっと消えた。

いつの間にか、薫は夕闇迫る下鴨神社の前に立っていた。丹塗りの鳥居は倒れ、社のあちこちから煙があがっている。

社の上空に浮かんでいた光の五芒星が、ふっと消滅する。

結界は、もうない。

薫は身を翻し、境内にむかって駆けだした。

(卓也)

今、この瞬間、美貌《びぼう》の半陽鬼の胸を占めるのは、たった二つの大切なものだけだった。

第六章　たどりつく場所

同じ頃、卓也《たくや》は神社の上の五芒星《ごぼうせい》の形が消えたのに気づいた。
（え……？）
五つの点のうち、一つが欠けた。
薫《かおる》がやったのだろうか。
つづいて、また一つ、五芒星の点が消えた。
空に浮かぶ三角形の白い光はねじれ、よじれながら消滅していく。
（やった！）
だが、そう思ったのもつかの間。
透子《とうこ》の身体《からだ》から噴き出す陰《いん》の気は、ますます激しさを増していった。
ピシッ……！
強すぎる陰の気に耐えきれなくなったのか、丹塗《にぬ》りの鳥居に亀裂《きれつ》が走る。
（なんで……おさまらねえんだよ⁉）

「くっ……」

卓也は透子の着物の肩を抱きしめたまま、何度も目を瞬《しばた》いた。

両手と両足が冷えきって痺《しび》れ、握っているはずの勾玉《まがたま》の感覚はもうない。

ふっと意識が薄れそうになる。

境内にいるはずの聖司《せいじ》や克海《かつみ》の姿は、もう見えなかった。

「しっかりしてください、卓也君！」

遠くから、呼びかけてくる声があるのはわかる。だが、それが誰のものかはわからない。

（もうダメか……）

そう思った瞬間だった。

勾玉を握る卓也の手の甲に、誰かがそっと手を置いた。

ハッとして、見ると、薫が傍《かたわ》らに立っていた。

（薫……！）

戻ってきてくれたのだと思ったとたん、胸が熱くなった。

雪白の指先から、力が流れこんでくる。

それとともに、指先の感覚が戻ってきた。まわりの色が鮮やかになり、ものの輪郭がはっきり見えはじめる。

(よし。このまま、抑えこんじまおう)
肩で息をしながら、卓也は霊力を集中させた。
身体の奥から力が湧《わ》きあがってきて、両腕を通して勾玉のなかに流れこんでいく。
ふいに、勾玉がパーッと白く輝いた。
(え……⁉)
光のなかから、ポーンと何か紫のものが飛びだしてきた。
紫の狩衣《かりぎぬ》の童子――藤丸《ふじまる》だ。
(チビ？　なんで⁉　オレ、呼んでねえのに)
卓也は、目を瞠《みは》った。
「これは……薫君と卓也君の霊力が反応しあっているようですね」
少し離れたところから、聖司の声が聞こえてきた。
(叔父《おじ》さん……)
チラリと見ると、聖司が地面に片膝《かたひざ》をつき、印《いん》を結んでいた。
その隣に、いつの間に戻ってきたのか、俊太郎《しゅんたろう》が立っていた。
二人のまわりには、淡く光る結界ができていた。聖司が維持しているらしい。
俊太郎は、驚いたように藤丸をながめていた。
神服殿《しんぷくでん》の上では、克海も印を結びながら、呆然《ぼうぜん》と藤丸を凝視している。

薫にそっくりの幼い式神《しきがみ》。

そんなものを使うことを許すほど、薫の卓也への想いは深いのだ。

克海の瞳に、悲しみに似た色がゆっくりと浮かびあがっていく。

その時、また勾玉が白く光った。

（な……に……？）

光のなかから、もう一体、童子の姿の式神が現れる。藤丸そっくりだが、こちらの衣の色は白い。

「なんで、チビがもう一人⁉」

卓也は、目を見開いた。

「気をぬくな」

薫がボソリと言う。

慌てて、卓也は勾玉に霊力を集中させた。

二体の藤丸たちは狩衣の袂《たもと》から、すっと小さな扇をとりだした。扇は紫の藤丸が金色、白い藤丸が銀色だ。

金銀の扇をかざし、幼い姿の式神たちは夕風のなかで舞いはじめた。

二人の踏んだ地面から、金色の光の粉が立ち上る。

それは、神秘的とさえ言っていい光景だった。

俊太郎が口をポカンとあけて、二体の童子たちをながめている。

その隣で、聖司が満足げに微笑《ほほえ》んでいた。

克海はつらそうな表情になって、この光景から目をそらした。複雑な気持ちにさせられる幼い式神たちを見ているのに耐えられなくなったのだろう。

やがて、透子の身体から流れだす陰の気は止まった。

二体の式神たちが、ゆっくりと扇を閉じた。

金色の光の粉が、卓也たちのまわりでキラキラ輝きながら乱舞している。

透子の目蓋が震え、目が開いた。

かすかな声が、呼びかけてくる。不安そうな瞳だ。

「お兄ちゃん……？」

「ここにいる」

薫が透子の手を握り、そっとささやいた。

透子は弱々しく微笑み、目だけ動かして卓也のほうを見た。

「迷惑かけて……ごめんなさい……卓也さん……」

「そんなこと、気にしないでください。透子さん。無事でよかったっす」

そのあいだに二体の藤丸たちはすうっと重なりあい、一つになった。

金色の光の粉が消えていく。

それとともに、御手洗川《みたらしがわ》の流れが狭《せば》まりはじめ、もとの二メートルほどの川幅に戻っていった。

穏やかなせせらぎの音が聞こえてくる。

「ごめんなさいね……」

もう一度、呟《つぶや》いて、透子は目を閉じた。

「透子さん！」

呼びかけた卓也を、薫が軽く制止した。

「眠っただけだ」

「なら……いいけど」

ほうっとため息をついた卓也は透子から離れ、手のなかの勾玉を見下ろした。翡翠《ひすい》の勾玉の色はすっかり濁り、いつの間にか細かいヒビが走っている。

(こんなになってたんだ……。危ねえところだった)

薫は意識のない透子を抱え、御手洗川の畔に移動していく。

藤丸は無表情のまま、そんな薫を追いかけていった。

「あの子……式神だったんですか」

目を皿のようにして藤丸を見ながら、俊太郎が呟く。

「薫君と卓也君の愛の結晶ですよ」

聖司が結界を解いて立ちあがりながら、ふふふと笑った。

(何が愛の結晶だよ⁉　変なこと言うな、叔父さん！)

涙目で、卓也は聖司を睨《にら》みつけた。

薫は透子に気をとられているせいか、聖司の言葉を聞いてもまったく反応しない。

俊太郎は「愛の結晶ってなんですか、それ？」と言いたげな目になって、聖司の顔をまじまじと見る。

聖司が法螺《ほら》吹《ふ》きで、俊太郎のような若い男の子をからかうのが大好きだというのは、まだ知らないようだ。

「藤丸、また一体になっちゃいましたねえ。残念です。増えたぶんは、もらって帰ろうと思っていたのに」

笑みを含んだ声で、聖司が言う。

「やらねえよ」

卓也は、ボソッと答える。

「つれないですねえ、卓也君。ようやく会えたのに、態度が冷たいですよ。叔父さん、なんだか胸が痛くなってきちゃった。ああ……まわりがぐるぐるまわっています」

大袈裟《おおげさ》に胸を押さえ、聖司はチラリと卓也を見た。

「集中治療室、どうしたんだ？　ぬけだしてきたのか？」

眉根《まゆね》をよせて、卓也は尋ねた。

「君の危機でしたから」

聖司は、ふっと微笑んだ。その背後に、長身の影が立つ。

「自分の危機も少しは考えたほうがいいと思うがね、聖司君」

野武彦《のぶひこ》だった。苦虫を嚙《か》みつぶしたような顔をしている。

聖司は、慌てて野武彦を振り返った。マイペースな聖司も、さすがに義兄には弱いようだ。

「義兄《にい》さん、遅かったですね。今頃、何しにきたんですか?」

笑顔で、聖司は尋ねる。野武彦は、ニコリともせずに答える。

「君を病院に連れ戻しにきた」

むんずと聖司の襟首をつかみ、野武彦は歩きだした。

「あ……お父さん、報告は……」

焦って、卓也は呼びかける。

野武彦は「あとでな」と答えた。

俊太郎も卓也と野武彦の顔を見比べ、慌てて野武彦たちを追いかけた。

「統領、すみません! 俺、止めたんですけど!」

言い訳する声が遠ざかっていく。

薫は無表情のまま、卓也にうなずいた。その腕のなかには、意識のない透子が抱かれている。

（どうしよう）

少し迷って、卓也は克海のほうを見た。克海と視線があう。

「ぼくは北辰門《ほくしんもん》のみんなと帰るから……。君たちは、ここにいないほうがいい」

静かな声で、克海が言った。

短い時間のあいだに、克海は十も歳老いたような瞳になっていた。

あまりにもたくさんのものを見すぎたのだろう。

卓也は、無言で克海に頭を下げた。

ごめんと言ってもしかたのないことだとわかっていた。

薫は透子を抱えたまま、もう先に歩きだしている。

藤丸が小さな手で卓也の手をつかみ、引っ張るようにして歩きはじめた。

呪術《じゅじゅつ》結界のなくなった京都の夜空に、細い月が昇っていた。

＊　　＊

京都の陰の気は、おさまった。

青江《あおえ》が篠宮《しのみや》透子のなかの陰の気を日本全国に巻き散らそうとした時、京都を護ってきた呪術結界は破れた。

北辰門は七曜会《しちようかい》にも協力を要請し、その修復にあたっていた。

この事件の後、北辰門会長、安倍秀明《あべひであき》は意識が戻らないまま、病院に送られた。

妹の安倍玲子《れいこ》は、安倍家の屋敷に軟禁されることになった。

会長が倒れた北辰門は、当分、会長の息子である安倍克海が会長代理として率いていくこととなった。

青江の行方は、わからない。

石榴《ざくろ》も姿を消してしまった。

青江の仔猫《こねこ》、桃子《ももこ》は克海が引き取り、面倒をみている。

渡辺《わたなべ》聖司は、再び集中治療室送りになった。

聖司を連れてきた筒井《つつい》俊太郎は〈鬼使い〉の統領、筒井野武彦にきつく叱《しか》られ、東京に送り帰された。

陰の気の人柱《ひとばしら》にされかけた透子は心身の消耗が激しく、北辰門が用意した屋敷で、しばらく筒井家の保護のもと、静養することとなった。

七曜会と北辰門のあいだには休戦協定のようなものが成立し、長らく七曜会の介入を拒んできた京都に七曜会京都支部が作られることになった。

関西支部長の三島春樹《みしまはるき》の怪我が治るまで、京都支部が関西の七曜会をまとめていくこととなる。

＊　＊

下鴨神社の戦いから、一週間が過ぎた。

ほの白い朝の光が、卓也の寝室に射しこんでくる。

京都郊外にある日本家屋である。北辰門が七曜会に提供してくれたもので、今は卓也と薫、透子、それに野武彦が暮らしている。卓也の姉たちも、毎日、交代で駅前のホテルから様子をみにやってくる。

事件の後、卓也も倒れ、高熱をだして寝込んだのだ。

透子の陰の気を抑えるのは、やはり相当に無茶なことだったようだ。

高熱は四日ほどで下がったが、まだ微熱は完全には引いていない。

障子の外から、鳥の声が聞こえてきた。

(朝か……)

薄目を開いた卓也は、布団の足もとに薫が寝ているのに気がついた。布団を枕《まくら》にするような形で、胎児のように身を丸めている。

（なんで、こいつはこんな格好で寝てるんだ？　しかもスーツのまんまだし）

透子の話では「お兄ちゃんは、必死に卓也さんの看病をしているわ」「あんな一生懸命なお兄ちゃん、初めて見る」ということだが、卓也は看病してもらった記憶がない。

夜中に目を覚ますと、じっと顔をのぞきこまれていたり、寝苦しくて気づくと隣に寝ていたり、悪夢にうなされていた時、耳を噛まれて目を覚ましたりしたことはあるが、それは看病とは言えないだろう。

できれば、もうちょっと人間らしく気づかってほしいが、それを薫に要求するのは無理というものだろうか。

「起きろよ」

軽く背中を足で蹴飛ばしてやると、薫がもぞもぞと動いた。

「起きろ、バカ」

うなじのあたりを足先でつつこうとすると、がばっと足を抱えこまれた。

不満そうな漆黒の目が、じっと卓也の顔を見あげてくる。

「なんだよ」

「体調は？」

ボソリと尋ねられて、卓也は目を瞬いた。

熱が下がったせいか、だいぶ楽になっている。

「ああ、もういいけど……」

薫は「よかったな」とも「そうか」とも言わず、起きあがって、障子を開いた。

縁側のむこうにあまり広くはないが、雰囲気のいい日本庭園があった。

建物のすぐ側《そば》に白い花をつけた泰山木《たいざんぼく》があり、木漏《こも》れ陽《び》が縁側を斑《まだら》に照らしている。

飛び石のように置かれた石と石の横に、もう紫陽花《あじさい》が咲いていた。

寝込んでいるあいだに、京都は梅雨に入ったのだ。

美貌《びぼう》の半陽鬼は卓也に背をむけ、縁側に腰を下ろした。ホッとしてゆるんだ顔を、卓也に見られたくないのだろうか。

その背中を見ながら、卓也は布団の上に座った。病み上がりの身体は、なんだかふわふわしていて頼りない。

「なあ、薫……」

薫は返事をしなかった。ただ、ほんの少し首が動く。

「オレ、訊《き》いていいかなあ。……克海のことだけど」

そう言ったとたん、薫が振り返った。

卓也を見る瞳には、困惑したような光がある。

(なんだよ、その反応)

少し面白くないような思いで、卓也は尋ねた。

「おまえさ……あいつのこと、どうするつもりだ？」

薫は、苛立《いらだ》ったような目になった。

「どうもしない」

ボソリと言われて、卓也はムカッとなった。

「だって、克海はおまえのためにあそこまでしてくれたんだぞ。親を裏切って、北辰門を敵にまわそうとしてくれたし……。陰陽師になりたくないって言ってたのに、北辰門の会長代理にまでなって、すごく一生懸命やってるじゃないか。それって、克海なりにおまえを護ろうとしてるってことじゃないのか？　そこまでしてくれてるのに、どうもしないってどういうことだ⁉」

自分が薫を護るために七曜会でがんばろうと思っているのと同じように、克海は克海のやり方で薫と透子をかばう防波堤になろうとしているのに違いない。

（あいつも薫のこと、ホントに好きなんだ……）

だからこそ、薫の真意は聞いておきたい。

そこまでしてくれる克海をどうする気なのかと。

よりを戻すつもりなのか、この先も会うつもりなのか。

「あいつが勝手にやっていることだ」

なんの感銘も受けていないような表情で、薫は答える。

「そっか……」

卓也は、壁の一点を見つめた。

薫のなかでは、克海との関係は終わっているようだ。もしかすると、一夜かぎりの遊びだったのかもしれない。

ただ、克海だけが忘れられずにいるのだろう。

薫の言葉を耳にして、ホッとしてもいいはずなのに、なぜだか心は重苦しいままだった。

自分とのことも、一夜かぎりの遊びだったのかもしれない。

（あの時はぎりぎりの状況だったから、薫はオレの望みをかなえてくれたけど……本当なら恋人とかそういうんじゃなかったのかもしれないな……）

そう思うと、切なくなる。

「なあ……じゃあ、オレは？　オレもおまえを護るために七曜会でがんばろうって思ってるけど、それもオレが勝手にやってることなのかな……」

薫は「バカか、おまえは」と言いたげな目をした。

しかし、この言葉の足りない半陽鬼はなんと言えば卓也に伝わるのか、わからないでいるようだった。

「違う」

ボソリと呟き、卓也の顔をじっと見る。

「違うって……?」

望みが湧きあがってきて、胸が苦しくなる。

卓也は、膝《ひざ》の上で拳《こぶし》を握りしめた。

「はっきり言ってくれよ。じゃねえと、わかんねえ……。オレ、おまえにとってなんなんだ?」

薫は「今さら何を訊《き》く」というような目をした。

焦れったくなって、卓也は布団から下り、薫に近よった。

何がなんでも問いつめたかった。

薫は卓也の様子を見、無表情に呟いた。

「七曜会でえらくなるのか」

卓也の問いには答えない。

苛《いら》立《だ》つ気持ちを抑えて、卓也は薫の放った言葉をキャッチした。

「……なれるかどうかわかんねえけど。オレはやる気だぞ。……いちおう、筒井家の長男だし」

じゃあ、というように薫は言った。

「それまで、七曜会で待っている」

「え?」

一瞬、信じられない言葉を聞いたような気がする。

自分がえらくなるまで、薫も七曜会に所属したまま、ずっと待っていてくれるのか。

それは、薫なりの約束だと受け取っていいのだろうか。

「薫……！　ホントにホントか?」

薫は瞳だけで笑って、小さくうなずいた。

やわらかな色の瞳が、じっと卓也を見つめてくる。

薫の髪にも頬にも、木漏れ陽がチラチラしていた。

「いいのか?　オレ、えらくなるって保証はねえんだぞ?」

まだ信じられなくて、くどいとわかっていても確認してしまう。

薫はじっと卓也の顔を見ていたが、言葉で納得させるのが面倒臭くなったのか、すっと両腕をのばしてきた。

パジャマの肩を抱きよせ、愛しげに卓也の髪に顔を埋める。

(えええええ!?)

卓也は、目を見開いた。

紫のスーツの胸に押しつけられた頬《ほお》に、薫の少し速い鼓動が伝わってくる。

「誰にも渡さん」

蠱惑的《こわくてき》な声が、耳もとでボソリと言った。

卓也の心臓が、とくんと鳴った。

「薫……」

自分は、もしかしたら心配しすぎていたのかもしれないと思った。

薫は言葉が足りなくて、一緒にいると、つい不安になってしまうけれど、その心はずっと自分の側にあったのかもしれない。

卓也の耳に、びろうどのような唇がそっと触れた。

くすぐったくて、卓也は顔をあげた。

まぢかに、この世の誰よりも美しい顔があった。闇色《やみいろ》の瞳は、卓也だけを見つめている。

その瞳に浮かぶ感情は、見違えようがない。

「薫……ごめん。あの……オレ……」

言いかけた卓也の唇に唇がそっとあわさる。

羽毛のようなキスは、言葉以上に雄弁にこの半陽鬼の想いを伝えてくる。

卓也は、目を閉じた。手探りで薫の肩に腕をまわし、ギュッとしがみつく。

薫が、満足の吐息をもらす。

少年たちは身をよせあったまま、初夏の風のなかで動かなかった。

『鬼《き》の風水《ふうすい》』における用語の説明

鬼使《おにつか》い……鬼を使役神《しえきしん》として使う、人間の術者のこと。鬼を使役するには、人並み外れて強い霊力が要求される。そのため、〈鬼使い〉の秘術は、筒井家《つついけ》など一部の家系にしか伝わっていない。

鬼八卦《おにはっけ》……鬼にとっての風水を占う占術。鬼の血を引く者にしか習得できない。

鬼羅盤《おにらばん》……鬼八卦専用の呪具《じゅぐ》。

鬼道界《きどうかい》……鬼の世界。人間界と一部重なりあって存在する。人間界と鬼道界のあいだには〈障壁《しょうへき》〉と呼ばれる壁があり、相互の行き来を制限している。

七曜会《しちようかい》……日本における退魔関係者たちのトップに立つ団体。創設は、鎌倉《かまくら》時代末期。当時、散逸《さんいつ》しかけていた日本の退魔師たちの秘術を集約し、日本を鬼や邪悪な怨霊《おんりょう》から守ることを目的として創《つく》られた。以後、七百年近くにわたって、日本の退魔師たちを統《とう》括《かつ》してきた。現会長は、伊集院雪之介《いじゅういんゆきのすけ》。

退魔師《たいまし》……広い意味で、鬼や魔物を滅する術者のこと。

半陽鬼《はんようき》……鬼と人間のあいだに生まれた混血児のこと。『鬼の風水』の造語である。「鬼」は陰《いん》の気が極まったものなので、陰の要素しか持っていない。これに半分、人間の血が混じると、半分が陰、半分が陽《よう》となる。そこで、半分だけ陽の気を持つ存在＝半陽鬼と考えた。

北辰門《ほくしんもん》……京都を中心として活動する陰陽師《おんみょうじ》、退魔師の組織。安倍晴明《あべのせいめい》の末裔《まつえい》である安倍家が代表を務める。現会長は安倍秀明《ひであき》。

姫羅盤《ひめらばん》……鬼道界の巫女姫《みこひめ》の別称。大地の気を操《あやつ》り、思いのままに万象を動かす力を持つ生きた羅盤。その能力は、通常、母から娘へと受け継がれる。子を産むと、姫羅盤はその能力を失うという。

〈参考図書〉

『陰陽五行と日本の民俗』(吉野裕子・人文書院)
『鬼の研究』(馬場あき子・ちくま文庫)
『現代こよみ読み解き事典』(岡田芳朗・阿久根末忠編著・柏書房)
『図説　憑物呪法全書』(豊嶋泰國・原書房)
『図説　日本呪術全書』(豊嶋泰國・原書房)
『図説　民俗探訪事典』(大島暁雄／佐藤良博ほか編・山川出版社)
『日本陰陽道史話』(村山修一・大阪書籍)
『京都・観光文化時代ＭＡＰ』(新創社編)
『世界文化遺産　下鴨神社と糺の森』(賀茂御祖神社編・淡交社)

あとがき

はじめまして。そして、前のシリーズから読んでくださったかたには、こんにちは。お待たせしました。『鬼《き》の風水《ふうすい》』夏の章『双月—SOGETSU—』をお届けします。

これは、時系列的には『鬼の風水』第八巻（最終巻）『風水—FUSUI—』の一ヵ月後のお話になります。

一ヵ月しかたってませんが、トランシーバーみたいだった携帯電話は小さくなってるし、ネットは普及してるし、お台場《だいば》だの東京ミッドタウンだの、一ヵ月前にはなかった場所があちこちに出現しています。新宿《しんじゅく》のマイシティもルミネエストになっちゃってるし。

きっと、羅刹王《らせつおう》の陰《いん》の気の影響に違いない（笑）。

今回の舞台は京都です。

編集部のご厚意で、今年の春、取材に行かせていただきました。本当にありがとうございます。

ちょうど桜の時期で、散りかけのソメイヨシノが綺麗《きれい》でした。

しだれ桜は七分咲きから八分咲きというところ。

京都の北西に原谷苑《はらだにえん》という、知る人ぞ知るしだれ桜の穴場があるのですが、そこに行ってまいりました。小山一つがしだれ桜なので、三百六十度、どこを見てもしだれ桜。この世のものとは思えない光景でした。

取材で半日お世話になったタクシーの運転手さんは「まだ満開じゃないんです。満開だと、枝も見えなくなるんです」と残念がってらっしゃいましたが、七分咲きでも充分に見事でした。あんなに綺麗なしだれ桜は見たことないです。

お話のなかで、篠宮薫《しのみやかおる》がふわっと下りてくる大きなしだれ桜は、原谷苑の桜がモデルです。本物は若木に植え替えられたばかりだったので、そんなに大きくないんですけど。

仁和寺《にんなじ》にも行きました。ここは、桜守《さくらもり》が代々守ってきた御室桜《おむろざくら》があるところです。

御室桜は地盤の関係で高くのびることができず、背が低いままなのですが、花びらはソメイヨシノより大きく、なんとも言えず気品のある白い花を咲かせます。

友人は「お姫《ひい》さまって感じ」と言っておりましたが、まさにそんな感じ。可愛《かわい》がられ、大切に育てられているような雰囲気があります。

もちろん、花見だけじゃなくて、ブライトンホテルや晴明《せいめい》神社、京都ＮＨＫなど、晴明さま縁《ゆかり》の場所もめぐってきました。

ブライトンホテルは、晴明さまの屋敷があった跡地。京都NHKは陰陽寮跡《おんみょうりょうあと》です。どちらも当時の面影はありません。

晴明神社ではお参りして、「いろいろな事情で、お話のなかで晴明さまの末裔《まつえい》のごく一部の人間を悪人にしてしまいました。ごめんなさい」と心のなかでお詫《わ》びしてきました。

本当にすみません、末裔のかたがた。

春の京都は街のいたるところに薄紅の霞《かすみ》がかかったように桜が咲いていて、格別の風情《ふぜい》がありました。忙しかったけれど、本当によい旅になりました。

唯一の心残りは、美玉屋《みたまや》の黒みつ団子を食べそこねたことです。次こそは（笑）。


前巻『少年花嫁《ブライド》』第十巻『剣と玉と鏡』のご感想のこと。

全十巻のシリーズの最終巻ということで、広げた風呂敷を畳《たた》むほうが優先され、大蛇《おろち》祭りは小規模でした。すみません。でも、散発的な大蛇祭りは確認されたようです。

あの二人には「新婚生活を見たかった」「幸せになれてよかった」などという祝福のメッセージをいただきました。

外伝希望というお声も多かったです。「鏡野《かがみの》の先代と玉川《たまがわ》家の姫のお話が読みたい」「新婚旅行と懲りない大蛇のお話が見たい」「お友達三人組のその後が知りたい」ものなどなど。

またいつか機会があったら、外伝も書けるといいなと思っております。

そんな『少年花嫁』ですが、うれしいお知らせがあります。

なんと『少年花嫁』シリーズ第三巻『炎と鏡の宴《うたげ》』のドラマCD化が決まりました。発売は八月二十五日。発売元は、サイバーフェイズさんです。

まさか三巻まで出るとは思わなかったので、感激しています。これも、たくさんのかたがたの暖かい応援のおかげです。本当にありがとうございました。

『鬼の風水』シリーズも、同じサイバーフェイズさんから三巻まで出ております。おかげさまで、こちらも好評のようです。まだのかたは、ぜひ聴いてみてくださいね。

ドラマCDに関しては、新しい情報が入り次第、私のHP「猫の風水」と携帯版HP「仔猫《こねこ》の風水」でもご報告しています。アドレスは著者紹介をご覧ください。

あと、電子文庫版『鬼の風水』シリーズですが、お待たせしました。ようやく最終巻『風水―FUSUI―』がダウンロードできるようになりました。

電子文庫パブリ　http://www.paburi.com/paburi/publisher/kd/index.shtml
なお、『鬼の風水』シリーズは携帯電話（ａｕ）で読むこともできます。

【EZweb】トップメニュー∨カテゴリで探す∨電子書籍∨総合（or小説・文芸）

さて、次回予告です。

次回の舞台は、夏の熊野《くまの》。

京都の陰の気を受け、不安定な状態になってしまった篠宮透子《とうこ》の力を抑えるため、筒井《つつい》卓也《たくや》と篠宮薫は卓也の遠縁の少年、筒井俊《しゅん》太郎《たろう》とともに熊野の山に入る。

その目的は、透子の陰の気を鎮《しず》める呪具《じゅぐ》を作ってくれる鬼、石墨《せきぼく》を探し出すこと。

しかし、ようやく探しあてた石墨は、呪具を作ることに「うん」と言わない。

――また来たのか。帰れ！

訪れるたびに水をかけられ、犬をけしかけられ、怒鳴《どな》りつけられる卓也たち。

そんな石墨と卓也たちのまわりに、不穏な影が蠢《うごめ》きはじめる。熊野に棲《す》む鬼たちだ。

――あいつらは、わしの命を狙っておる。呪具など作るわけにはいかん。

――そこをなんとかお願いします！

必死に頼む卓也たちにむかって、石墨が出した条件とは⁉

条件を満たすため、夏の山を駆《か》けぬける〈鬼使い〉たちと半陽鬼の前に現れた新たなる敵。

そして、死者の国、熊野で過去からの亡霊が牙《きば》をむく。

——薫、別れよう。オレはおまえの側《そば》にいちゃいけない。

……というようなお話です。相変わらず、「愛の結晶」も出てきます。

最後になりましたが、前作『少年花嫁』に引きつづき、素敵なイラストを描《か》いてくださった穂波《ほなみ》ゆきね先生、本当にありがとうございます。またどうぞよろしくお願いいたします。

そして、この本をお手にとってくださった、あなたに。

ありがとうございます。楽しんでいただけたら、うれしいです。

それでは、『鬼の風水』夏の章『熊野―KUMANO―』(仮)でまたお会いしましょう。

岡野麻里安

岡野麻里安《おかのまりあ》先生の「鬼《き》の風水《ふうすい》 夏の章」『双月―SŌGETSU―』、いかがでしたか?

岡野麻里安先生、イラストの穂波《ほなみ》ゆきね先生への、みなさんのお便りをお待ちしております。

岡野麻里安先生へのファンレターのあて先

〒112-8001 東京都文京区音羽2-12-21 講談社 文芸X出版部「岡野麻里安先生」係

穂波ゆきね先生へのファンレターのあて先

〒112-8001 東京都文京区音羽2-12-21 講談社 文芸X出版部「穂波ゆきね先生」係

N.D.C.913　314p　15cm

岡野麻里安（おかの・まりあ）　　講談社X文庫

10月13日生まれ。天秤座A型。
猫と紅茶と映画が好き。たまにやる気を出して茶道や香道を習うが、すぐに飽きる。次は着付けを習おうかと思っているが、思っているだけで終わりそうな気もする。
・PC版HP「猫の風水」
http://www003.upp.so-net.ne.jp/jewel_7/
・携帯版HP「仔猫の風水」
http://k.excite.co.jp/hp/u/greentea99
本書は『鬼《き》の風水《ふうすい》』シリーズ新章となる。

white heart

双月《そうげつ》—SŌGETSU—　鬼《き》の風水《ふうすい》　夏《なつ》の章《しょう》
岡野麻里安《おかのまりあ》
●
2007年8月3日　第1刷発行

定価はカバーに表示してあります。

発行者——野間佐和子
発行所——株式会社　講談社
東京都文京区音羽2-12-21　〒112-8001
電話　編集部　03-5395-3507
販売部　03-5395-5817
業務部　03-5395-3615
本文印刷—豊国印刷株式会社
製本——株式会社千曲堂
カバー印刷—半七写真印刷工業株式会社
本文データ制作—講談社プリプレス制作部
デザイン—山口　馨

ISBN978-4-06-255975-1